小王子

目川文化

目錄

一般童話故事裡的王子，通常會愛上美麗的公主，住在富麗堂皇的城堡裡，過著無憂無慮的生活。但是安東尼．聖修伯里筆下的「小王子」，愛上的卻是驕傲的玫瑰，他住在一顆很小很小的行星上，悲傷時喜歡看日落，因為行星很小，想看日落只要挪動幾步就能看到，一天能看個四十七次呢！

閱讀《小王子》，能感受到作者肆意發散的奇幻想像，和許多巧妙融合進去的成長體會。不同的年齡閱讀，有不同的感受。

小時候的你，應該會喜歡小王子漫遊星際的旅行，覺得他每到一顆星球上，遇到的國王、點燈人……都有點令人啼笑皆非。你也可能覺得很奇怪：國王為什麼那麼喜歡命令別人？地理學家為什麼一直坐著，而不是到各地去做研究？玫瑰為什麼對小王子頤指氣使，又要背對著他哭泣？「蛇」為什麼那麼厲害，可以幫助小王子回家？

等你年歲漸長，慢慢地就可以感受到，小王子所散發的童真氣息，更能讀懂書裡一些隱藏的話語，明白「蛇」是怎麼將小王子帶離地球。那就像人們對孩子解釋時會說的：他去了很遠很遠的地方。

本書特別收錄了作者另一篇故事《夜航》。兩個故事是如此的截然不同，又一脈相承。幸運的讀者，除了漫遊星際，還可以翱翔天空。跟著書中驚心動魄的文字描述，一起體驗飛行的緊張刺激和大自然的威力：

原本一切都那麼平靜，一股大自然的怒氣卻突然席捲而來。他憑什麼臆測這股怒氣是從岩石滲出來，或是從積雪中透出來的？他看著山峰和山脊，心不由得揪緊。他繃緊肌肉，像一頭隨時準備躍起的野獸。

所有的一切都變得緊張，層層山脊、山峰像匕首一樣刺進勁風中，感覺它們彷彿在周圍轉動、漂流。他將飛機調頭，忍不住渾身發抖。在他身後，整條山脈似乎都沸騰了。

「我完了。」他想。

積雪從前方的一座山峰噴射而出，接著，第二座山峰……所有山峰一個接一個爆發了！隨著空氣的第一陣波動，周圍的群山開始搖晃起來。

除了如夢似幻的場景描繪，這個故事同樣也有絲絲入扣、寫實而令人不勝唏噓的心路歷程。**細細品讀《夜航》，你看見的是整個工作團隊、航線負責人承擔責任的喜悅與沉重，還有一份患難與共、堅忍不拔的精神。**

追尋「夢想」，放下所有心中的顧慮，像小王子那樣勇敢地踏出第一步！像夜航工作團隊一樣堅持到底，無怨無悔！

【推薦序】

林偉信（台灣兒童閱讀學會顧問、誠品文化藝術基金會「深耕計畫」顧問）

陪伴孩子在奇幻的世界裡，培養想像力，思考人生課題

法國哲學家巴斯卡曾經這樣形容人，他說：「人是一枝會思想的蘆葦。」這話點出了人類和萬物最大的區別，因為人似蘆葦，所以何其脆弱，但也因為人可以藉由思想，遨遊過往，想像未來，上下時空五千年，所以看似脆弱的人類，卻又是何等的堅強與壯闊。

奇幻文學正是人類思想極致的一種表現，透過想像，創造出一個個跳脫時空框架的新奇世界，將現實中的不可能化為可能，讓閱讀者擺脫有限形體的束縛，悠遊在不同的時空裡，享受現實人生中所無法經歷的奇特趣味。

而除了引人入勝的趣味情節外，奇幻故事中所暗含的人生隱喻與生命智慧，也一如日本著名心理學家河合隼雄在《閱讀奇幻文學》書中所說的：「**傑出的奇幻作品，總是帶著某些課題前來挑戰讀者**。」而「當我們將幻想視為靈魂的展現時，就會開始覺得奇幻故事的作者，給了我們相當豐富的訊息。」因此，「**即便故事讀完了，心靈依然持續感動**。」

這套奇幻小說輯，正是選自不同文化背景下的各種玄奇異想，有大家耳熟能詳的英、美兒童文學經典，更有中國與阿拉伯的奇幻鉅著。它們都跳脫現實，發揮想像，書寫出各種殊異趣味的精采故事，並且透過故事傳遞出我們所可能面對的各種重要的人生課題。

因此，我們不僅能和孩子經由閱讀這些故事，享受奇幻的趣味，更能透過拆解奇幻背後的隱喻，對生命裡的一些重要課題——像是在《西遊記》中所呈現出的叛逆與反抗、在《小王子》與《柳林風聲》中所揭露的愛與友誼、在《小人國和大人國》中所刻劃的權力與人性、在《快樂王子》中所彰顯的分享與快樂、在《愛麗絲夢遊奇境》與《一千零一夜》中所描繪的真實與夢幻、在《叢林奇譚》中所強調的正義與堅持、在《彼得．潘》中所凸顯的成長與追尋，以及在《杜立德醫生歷險記》中所提出的溝通與同理，能有更深刻的思考與理解。

藉由這些書，給早已在現實生活中習以為常、不再多做思想的自己一次機會吧！也給你的孩子一次機會，**陪伴他們在奇幻世界的共讀中，培養想像力，並且一起來思考人生中的一些重要課題。**

戴月芳（資深出版人暨兒童作家、國立空中大學／私立淡江大學助理教授）

孩子飛翔的力量很大

當孩子告訴你，他會飛，而且飛得很高很遠，你可能會笑一笑，不當一回事。但是，真的要告訴你，孩子確實飛得很高，很自在！

谷歌（Google）創辦人賴利．佩吉（Larry Page）有一天突發奇想，想要創造一個可以下載整個互聯網，查看不同頁面連結的搜尋引擎。在西元一九九六年，這想法可能是天方夜譚，但是賴利．佩吉有企圖心，最後確實創造了谷歌。他像孩子飛上了天，飛得很高，飛得很自在！

孩子的想像力不受束縛，很多時候，孩子也像賴利．佩吉一樣，有一些稀奇古怪的想法，當你覺得簡直不可思議的時候，請想一想，這很可能就是一個「創造未來」的機會。

「飛翔」是我們的想像延伸，一切可能發生或不可能發生的事情，都可以藉由想像力的「飛翔」先做實驗。也因為如此，我們才會說「只有想不到，沒有做不到」。往後，當孩子告訴你他會飛的時候，請告訴他，盡情去做吧！

【影響孩子一生的奇幻名著】系列，就是一套賦予孩子想像力的好書。十本想像力永恆不滅的經典文學，無論中西或虛幻，每一本都是在打開孩子浩瀚無限的視野，激發孩子的奔馳創意。當孩子穿越奇趣與另類的時空，踏進想像與創意的國度，你就能猜想孩子說有多高興就有多高興！

來吧！讓孩子閱讀奇幻名著，讓孩子的想像翅膀展翅高飛吧！讓孩子隨著他的好奇心，遊走另一個充滿自由的奇想世界，跟隨故事人物一起經歷成長與冒險。

張美蘭（小熊媽，親子天下專欄作家、書評、兒童文學工作者）

讓孩子讀經典，是重要而且必要的

近兩年，我常在校園與兩岸演講，有一個主要的主題，就是「讓孩子愛上閱讀的八大法則」，其中我認為很重要的第二條法則是：在孩子中低年級以前，幫孩子選書；高年級後開放讓他們自由選擇，但是每個月都該有指定讀物，並建議以經典兒童文學為主！

我在小學圖書館擔任過十年的志工，發現一個令人憂慮的現象：越來越少孩子讀兒童文學經典！當今兒童閱讀市場，充斥著一種簡化的速食文化，不論是科學或人文的題材，多半要被畫成「漫畫」，才能被孩子所接受。我曾問過孩子，為什麼只喜歡看漫畫呢？而得到的回答（尤其是男孩），多半是：「漫畫比較搞笑，我不喜歡太嚴肅的作品。」或「看圖畫比較快，文字太多的書，真的看不下去！」

這是一個很令人憂心的現象，因為這代表這一代孩子對文字理解能力（閱讀素養），將越來越弱。而**貧瘠的閱讀，將導致荒蕪的思想與空洞的寫作能力！**

文字閱讀，需要鍛鍊。從幼時看繪本（圖畫書）、到橋梁書、再進階到小說或科學書籍，不是一蹴可幾的。現代的孩子，常常在讀完繪本後，一腳踩空，掉到漫畫書的世界，沒有走上文字閱讀之橋，而是陷入我所說的「漫畫陷阱」裡，不可自拔。

更憂心的是，家長沒有意識到這狀況的嚴重性，還沾沾自喜地認為：我的孩子愛看書，就好！而沒注意到孩子無法邁向文字書的世界，更遑論兒童文學作品的世界。

我建議：每個家庭，都該有個基本書櫃，那就是你家的圖書館。館中，一定要收藏兒童文學名著！因為這些才是經得起時間考驗的、人類思想的精華。

所以，請讓孩子多讀讀經典吧！這將會影響他們一生的價值觀。

在這套【影響孩子一生的奇幻名著】中，有許多本都是我家孩子的指定讀物，更特別的是，編輯細心地加入了中國文學名著《西遊記》，這是我家孩子必讀的作品，孫悟空保護唐僧取經的故事，讓孩子的想像力更豐富，我鼓勵他們讀過各種版本的《西遊記》：由基礎到進階，由進階到原著小說，循序漸進提升了他們的文字閱讀能力！

本系列中，我也特別推薦《一千零一夜》、《愛麗絲夢遊奇境》、《小王子》、《快樂王子》這幾本書，這些故事多半並非寫實，而是充滿幻想的佳作！

《一千零一夜》是阿拉伯世界的傳奇經典，「阿里巴巴與四十大盜」就是其中一個故事，充滿了異國色彩與絢爛的魔幻。《愛麗絲夢遊奇境》在國外受到的重視超乎台灣孩子想像，閱讀此書可以了解許多衍伸的西方文化、典故、語言邏輯等！

《小王子》我覺得是寫給大人讀的童話，但孩子也可單純地閱讀，愛上純真帶點憂鬱的小王子。還有，我小時候看了王爾德的《快樂王子》，感到傷心不已！現在回顧，卻覺得這個故事是淒美動人的。

因為，經典代表的就是人性。在奇幻故事架構下，系列中的《小人國和大人國》、《彼得·潘》、《柳林風聲》、《叢林奇譚》，也都能讓孩子從經典中了解：世界上沒有所謂美好的大結局！**讓孩子從閱讀的幻想中，體會人生的趣味與人性的缺憾，才是真正智慧的開始。**

林哲璋（兒童文學作家、大學兼任講師、臺東大學兒文所）

奇幻的奇妙

林文寶教授說：「童話反映一個天地萬物的社會，並由此發掘一切萬物的人性。」又說：

「童話，就是使事實長上翅膀……它是可圈可點的胡說八道；也是入情入理的荒誕無稽。」

當「事實」插上翅膀，可能讀起來胡說八道，可能看起來荒誕無稽；然而，閱讀奇幻的樂趣就在享受作者將故事「降落」得入情入理，使人拍案叫絕，大嘆可圈可點。

奇幻的邏輯不是現實的邏輯，而是作者自己建立的邏輯，是角色物性產生的合理，是一種妙不可言的雋永。經典奇幻不會是「作者說了就算」，而是連作者自己都得嚴格遵守自訂的因果關係、論證邏輯。

小讀者能透過奇幻作品裡人物情節的設定、伏筆結局的鋪排，一次次在腦海裡思維運作、理解因果。

虛構而且希望讀者信以為真的寫實作品是：「假似真來真亦假，無為有處有還無。」自己承認超現實卻關注現實的奇幻作品是：「假非真來真不假，無勝有處有藏無。」

畢竟，奇幻最大的基礎，除了理性，更有人性！

小朋友，閱讀奇幻作品好處多多，畢竟現實世界只有一個，而奇幻想像的世界卻是無窮無盡。奇幻世界裡有神奇的天馬行空，想像世界中的介紹要天衣無縫。奇幻想像國度的語言可以豐富現實世界的生活，例如小王子和狐狸，小王子和玫瑰，他們的故事和對話，都可以比喻、使用在人類的世界。

想一想，像著名的「七步成詩」，曹植若跟哥哥寫「骨肉相殘」的詩，害哥哥沒面子，恐怕小命不保；聰明的曹植躲到了奇幻的國度，使用了奇幻的語言，寫了一首「小豆子和豆萁哥哥」的童話詩，保住了珍貴的性命。

奇幻的國度裡有許多寶藏，等待小朋友來尋找、開創，歡迎小朋友搭乘文學的列車，來到奇幻的國度上，觀看地球世界的模樣。

彭菊仙（親子天下、udn 聯合文教專欄、統一「好鄰居基金會」駐站作家）

我的童年是一段沒有故事書的歲月，因為爸媽忙於生計，僅是讓我們四個孩子吃飽穿暖就已筋疲力竭，關於孩子的娛樂甚或心靈需要的滋養，爸媽是沒有餘力可以照顧的。我依稀記得家裡只有兩本不知從哪兒流傳來的故事書：《愛麗絲夢遊奇境》和《木偶奇遇記》，它們是我們對於童話的所有想像，兩本書原本就已破破爛爛，被我們四個姊妹反覆蹂躪，最後沒了封皮、零散分屍。為什麼呢？因為經典故事就是值得一看再看、百看不厭！

長大後，我才有機會一一彌補童年裡沒有緣分相遇的經典兒童文學，但是很遺憾的是，這些故事我多半已經耳熟能詳，還沒來得及細細咀嚼文字，大量的動畫已經綁架了我對於故事聲光畫面的想像，我很不希望我的孩子用這樣的方式來接觸經典名著。

雖然，這一代的孩子已然來到一個被豐富故事書包圍的優渥年代，然而，這世界卻仍然將經典兒童文學拋出腦後。因為當孩子深陷於迷亂挑逗的 3C 世界時，他們對於書本早不屑一顧，更遑論沉浸於閱讀經典名著的樂趣之中。

藉由這次目川文化規畫的系列經典兒童名著，我再次回歸到當年與兩本童話相遇的純淨想像世界中，我似乎又恢復了一個孩童本然應該具備的自由奔馳心靈，在故事裡盡情遨遊，甚至幻化為故事裡的主人翁，經歷驚險刺激的冒險歷程，並在過程中細細體悟人性裡的至真至誠與至善。

表現珍貴赤子之心的《小王子》，絕對值得親子共讀，更值得每一個人在不同的年齡層反覆閱讀，因為生活的歷練與體悟，能不斷激發出更為深刻的層層省思。我想，書裡一段段饒富哲理的對話，一定能觸動「無感世代」最缺乏的柔軟心地：

「因為你在那朵玫瑰花身上付出了時間，才讓你的玫瑰顯得如此重要」

「星星之所以美麗，是因為那裡有一朵讓人思念的花兒」

「沙漠之所以美麗，是因為在某個地方隱藏著一口井」

我很喜歡目川文化這次規劃的書目，國際多元，題材包羅萬象：有冒險、有想像、有科學與自然的題材、有淵遠流長的傳說，都是歷久彌新的必讀文學名著；在編排上，字體大小適當，章節分明，三年級以上的孩子可以毫不費力的自行閱讀。

我鼓勵爸媽引導孩子，一本接一本有系統的閱讀，不僅能提升孩子賞析文學的能力與視野，最主要的是，**經典作品的主角人物都帶著強大熾烈的感染力，能毫不費力地博得孩子深度的認同，在潛移默化間，高潔的思想便深植於孩子的心底，行為氣度因此受到薰養而不凡。**

（其他推薦內容，請詳見各書收錄）

沈雅琪（神老師&神媽咪、長樂國小二十年資深熱血教師）

接了高年級很多屆，我發現現在的孩子普遍閱讀量不足，書讀得不夠，相對文章就寫不出來，寫作技巧教再多都是枉然。

為了要改善孩子寫作困難的問題，我開始每天留至少半個小時到一個小時的時間，讓孩子從少年雜誌、橋梁書開始閱讀，這段時間得要完全靜下來專注的閱讀。

剛開始對於沒有閱讀習慣的孩子來說，這是一件痛苦的事，往往不到三分鐘就想要站起來換書，可是慢慢的習慣以後，我發現孩子專注的時間開始拉長，有些孩子閱讀課的時間看不完，會連下課時間都把課外書拿出來閱讀，偶爾還會來跟我討論書中的內容，跟我分享書中精采的片段。

目川文化精選這套書，有幾本是我們耳熟能詳的世界名著，可是很多孩子完全沒有接觸過。收到書的初稿時，孩子們分配到的書讀完了，還意猶未盡的跟其他孩子交換閱讀，一本又一本接續的把十本書統統讀完。**小孩的感受是最直接的，看他們對這套書愛不釋手，我就知道這是一套非常值得推薦的好書。**

孩子從書中得到很多的樂趣和啟發，孩子看這些故事的角度，跟我有很大的不同。透過孩子筆下的敘述，我也重新回顧了一次這些故事，得出了另一番的感受。看到他們寫出從故事中獲得的領悟、看事情的角度，都讓我很欣喜。他們能夠用正向的角度去思考，正反映出我們給孩子的教育成功了。

以下就是班上小朋友針對本書所寫的一篇心得，其他則收錄在各書：

小王子是一個擁有好奇心的小孩子，他的好奇心和純真，是許多已在社會上工作的人們所渴望得到的。小王子向小畫家要的綿羊，其實只是一個小箱子，裡面的綿羊是他想像出來的。而故事裡的玫瑰是他精神上的一個依靠，我想小王子最喜歡的是玫瑰花，所以他為了和玫瑰的約定，而完成了他的探索歷險。

小王子的故事寫出了孩子們天真充滿幻想的趣味，也同時襯托出大人生活的無味。他在這段旅程中遇到了許許多多個性不同的大人，不論是高傲的國王，或是慵懶的醉漢，生活總是一成不變、不斷輪迴。每個人都是他不希望成為的樣子。

來到地球，他才發現世界有多大。飛行員、狐狸是他的新朋友，跟他也很像，對未來也很徬徨，但無形中幫助了小王子成長，並在他難過的時候陪伴著他。

我覺得自己跟小王子很不像，我們每天需要做的事情不一樣，但是我跟他有一樣的困惑，我們都對未來感到迷惘。但是這個故事告訴我們：「人無論什麼年齡都應該要擁有夢想，如此一來才能在不斷重複的生活找到樂趣。」，以及「人的一生是不能沒有朋友的，朋友不但能幫助自己成長，還能是生活中巨大壓力的出口。」

（吳婕寧　撰寫）

陳郁如（華文奇幻暢銷作家）

世界經典名著之所以是經典，一定有它的原因，不僅僅是故事內容不拘一格、怪誕離奇，還常常有重大的涵義在裡面，讓人在不同的年齡層閱讀有不同的感受。這套【影響孩子一生的奇幻名著】收錄很多很經典、家喻戶曉的奇幻故事，很高興有這個機會可以來幫這個系列寫推薦，這次我再度閱讀，更能深刻體會故事想要表達的訴求。

奇幻文學一直是讓人深深著迷的，那是一種超越現實框架的幻想，讓人的想像力可以無限的延伸。但是同時，在故事裡，作者可以巧妙的寫出自己對現實世界的連結，可能是對現今政治的諷刺。可能是對人性的感觸，可能是對社會現狀的反射，可能是對幻想世界的延伸。**很多經典永傳的奇幻故事能夠歷久不衰，它們的內容鋪陳就是如此，不僅僅天馬行空，編撰幻想而已，背後還有更多的警世意義。**小朋友有時間可以慢慢、細細的品味，讓想像力奔馳的同時，可以去想想看作者想要表達的是什麼。

《小王子》的故事講的是他在星球間的旅程，但是讓人印像更深刻的，是他跟玫瑰之間的愛，他們是這樣的為對方著迷，卻又互相折磨，看到兩個相愛的人如此痛苦，實在令人感到不捨。

此外，我個人很喜歡作者描寫看落日那一段，那真是顛覆一般人觀賞落日的框架。在地球上，我們必須等到一個特定的時間才能看到，但是在小王子的行星上，想什麼時候看落日是你自己可以決定的。

這個就是奇幻世界的美妙，在奇幻故事裡，我們可以拋開定律。這落日不僅是某個時段，也是某種心境。（其他推薦內容，詳見各書收錄）

張佩玲（南門國中國文老師、曾任國語日報編輯）

《小王子》在學校百本好書閱讀中是我極為喜歡的，**是一本給人安慰、給人勇氣、給人啟發的奇幻童話，不論對大人或小孩都是值得一讀再讀的經典。**

正值狂暴期的國中生，正要從青少年開始轉大人，加上升學考試的壓力，面對生理與心理雙重的變化與衝擊，有時難免會有種不被理解、與全世界格格不入的感覺，出現大人們所謂的「叛逆期」。其實，所有的大人們都經歷過那一段狂風暴雨期，而成為現在的自己，一起閱讀這本書，恰好能喚起我們內心最柔軟的部分，讓我們感覺被理解，進而產生共鳴。

游婷雅（台中古典音樂台閱讀推手節目主持人、閱讀理解教學講師）

安東尼．聖修伯里曾經擔任郵政飛行員，這樣的經歷促成了《夜航》這部作品。他也曾經在沙漠中墜機，因脫水而產生幻覺，後來獲救。這趟鬼門關之旅幻化成《小王子》故事中的一部分。

不知道有沒有人跟我一樣，年幼時閱讀《小王子》，單純只是將它當成一個奇幻遊記，讀到一個落難的飛行員巧遇小王子的故事，而這個故事裡又有小王子遊歷各星球的故事。

青少時再讀《小王子》，好羨慕小王子的玫瑰，美麗又驕傲，卻能得到小王子的呵護關愛。好喜歡小王子的純真，好討厭大人的世故與混淆的價值觀。

年長時重讀《小王子》與《夜航》，好想問問安東尼．聖修伯里「你究竟想說些什麼？」你是「想離開還是想回家？」、「想馴養還是被馴養？」、「想在天空中翱翔還是想在地面上行走？」、「想要冒險刺激還是安穩度日？」

原來，我們都像偽裝成帽子的那條吞了象的蛇，都像內心裡藏著小王子的飛行員，都是不想長大的大人。我們都在使用讓自己羞愧的方式，讓自己忘卻那些羞愧的事情。

「大人們真是太奇怪了！」

劉美瑤（兒童文學作家、台東大學兒童文學研究所）

用「心」感覺才是真實的

《小王子》故事一開始，以主角飛行員「我」的童年閱讀經驗作為起點，抱怨失去童心的成人既看不見被吞食的可憐大象，也看不出可怕的蟒蛇與普通的帽子之間的差異。

這段為人所知的情節其實是在暗示讀者，如果我們像書裡的大人一樣，因為缺乏想像力而「看不見」時，既無法感受恐懼也無法悲憫生命的死亡，當然更無法想像當悲憫與恐懼交纏時產生的「疼痛」。而因為失去關於疼痛的想像，所以無法體會生命中的摯愛消失的「慟」。

從這個角度來看《小王子》，我們可以把小王子的旅程當作一趟「復活之旅」。小王子在不同的星球間旅行，告訴主角不同的旅行經驗，透過重複的敘述模式，「我」與讀者被扼殺的童心（感受疼痛的想像力）逐漸復活，逐漸看透虛矯的權位與虛幻的名利，生命中重要的東西透過童心一一靈光乍現（Epiphany），**我們逐漸明白世間最重要的事物，不是名利或權位，而是那個交付真心、傾盡生命愛護的他／她。**

整段旅程的「靈光乍現」在結局最為明顯。故事最後，從「我」焦急的提醒：「蛇很惡毒，他們會無緣無故地咬你。」，接著小王子以富有韻律的句子、高密度的隱喻：五億個鈴鐺、五億個水井、像金蟬脫殼般拋棄軀殼回家……，不斷地向飛行員「我」道愛、道歉、道別。讓兩人之間緊張、擔憂、恐懼、不捨等情緒匯聚，最後形成一股巨大的、哀痛至極的「慟」。

現實生活中有時會產生超越現實的意義，但是這種超越必須用「心」去感受。而這一切，都在狐狸如神諭般的提醒中：用心去感覺才是真實的。真正重要的東西，用眼睛是看不見的。

第一章

畫家的理想

六歲那年，在一本關於原始森林、名叫《親身經歷的故事》書中，我看到一幅很精采的插圖，是一條巨大的蟒蛇正在吞食一隻野獸的畫面。

書中寫道：「大蟒蛇囫圇吞下牠的獵物，嚼都不嚼一下，以至於最後再也動彈不得。為了把肚子裡的獵物消化，牠不得不睡上六個月。」

當時，我正迷戀於這些關於熱帶雨林的傳奇故事。於是，我用彩色筆畫了我的第一張畫。

我把我的「傑作」給大人們看，並問他們，看了我的畫是否會嚇一跳。

然而，大人們卻回答說：「一頂帽子有什麼可怕的呢？」

可我畫的不是一頂帽子呀！這是一條大蟒蛇，牠能把大象吞到肚子裡去。

為了能讓大人們認識到這一點，我不得不把蟒蛇肚子裡的情形畫出來。你看，

這就是我的「作品二號」。

然而，大人們卻叫我不要再畫蟒蛇了，不管牠是開著肚子的，還是合著肚子的。他們要我好好的學習地理、歷史、算術和文法。所以，我不得不在六歲的時候，放棄了成為一名畫家的理想。作品一號和作品二號的失敗，讓我灰心沮喪。那些大人自己都有弄不清楚的事，總要孩子們不停的向他們解釋，真煩人！

於是，我被迫選擇了另外一個職業。我學會了開飛機，成為一名飛行員。我飛過世界各地，所以地理算是沒白學。在飛機上，我能一眼就分辨出哪裡是中國，哪裡是美國的亞利桑那州。如果在夜裡迷失航向，這些知識會很有用。

在我的一生當中，我跟很多成年人打過交道，也有很多機會去深入瞭解他們，但是，這仍然沒有改變我對他們的看法。

每當碰到一個我覺得還不錯的人，我就會拿出一直保存著的「作品一號」給他看。我想看看他能不能看出這是什麼。然而，每次我都得到同樣的答案：「這是一頂帽子。」

如此一來，我就會懶得跟他談蟒蛇、原始森林和星星的事情了。我乾脆把自己裝得跟他們一樣，和他聊橋牌、聊高爾夫球、聊政治、聊領帶。之後，這個大人就會很高興，認為自己遇到了一個很善解人意的人。

沙漠中相遇

我就這麼孤獨的生活著，沒有一個真正談得來的人。直到六年前，有一次，我的飛機在撒哈拉大沙漠發生意外。可能是飛機上的引擎出了問題，由於既沒有機械師，也沒有乘客，所以我只能自己一個人完成複雜的修復工作。

這是件生死攸關的大事，因為飛機上帶的水只夠我喝一個星期。

第一個晚上，我就睡在荒無人煙的沙漠中。當時的感覺，比在太平洋中划著木筏的落難者還要孤獨。所以，你們可以想像，黎明時分，當我聽到一個奇特的、小小的聲音在叫我的時候，我有多麼驚訝了。

「請你給我畫一隻綿羊吧！」

「什麼？」

「給我畫一隻綿羊。」

我像觸電一樣，一下子跳了起來。我揉揉眼睛，仔細一看，原來是一位十分特別的小孩，他正一本正經的打量著我。這是事後我給他畫的最好的一張畫像。

雖然我盡力去嘗試，但是我的畫像還是不像他本人那麼好看。要知道，六歲的時候，大人們就扼殺了我當畫家的夢想。除了當時畫的兩張圖：合著肚子的蟒蛇和開著肚子的蟒蛇之外，我就再也沒有畫過別的東西了。

我驚訝的看著眼前的一切。不要忘了，這裡可是人跡罕至、廣袤無垠的大沙漠啊！這個小傢伙看上去既不像迷路，也不像是疲倦、饑餓或者驚慌失措的樣子。他給人的印象，絕對不是一個在大沙漠中迷路的孩子。

等我回過神來，我問他：「你、你在這兒做什麼呢？」

小傢伙語氣輕柔的重複著他剛才的請求，就像在講述一件非常嚴肅的事情。

「請你給我畫一隻綿羊吧！」

當一件事太過奇特時，是不會有人敢反抗的。即使在這個情景下提出這樣的要求，讓我覺得非常荒謬，不過我還是從袋子裡拿出紙筆。但是當我想起我學的是地理、歷史、算術和文法，根本沒有好好的學習繪畫時，我有點不高興的說：「我不會畫畫。」

他卻說：「沒關係，幫我畫一隻綿羊吧……」

因為我根本沒畫過綿羊，於是我就畫出我那兩幅作品中的其中一幅，就是那幅「合著肚子的蟒蛇」給他看。

小傢伙的反應讓我驚呆了。

「不，不，我不要裝在蟒蛇肚子裡的大象。蟒蛇好可怕，大象又太龐大了，我住的地方很小。我只要一隻綿羊。給我畫隻綿羊吧！」

於是，我給他畫了一隻綿羊。

他仔細的看了一下，說：「不，這隻綿羊感覺生病了。另外再畫一隻吧！」

我又畫了一隻。

我的朋友笑了，寬容的說：「你看，這不是綿羊，是山羊，頭上有角呢！」

於是，我又畫了一張。和前兩次一樣，他還是不太滿意。

「他太老了。我要一隻可以活得久一點的綿羊。」

我被他煩得失去耐心，又急著修理飛機，所以胡亂畫了一張，不耐煩的說：

「這是一個箱子，你要的綿羊就在裡面。」

出人意料的是，這個難伺候的小傢伙臉上居然頓時笑逐顏開。

「我要的就是這個！牠要吃很多草嗎？」

「為什麼這麼問？」

「因為我住的地方什麼都很小……」

「肯定夠了。我送你的是隻很小的綿羊。」

他把臉湊到畫前仔細查看，說：「沒有很小呀……看，牠睡著了……」

就這樣，我認識了小王子。

第二章

B612號小行星

很久以後，我才弄清楚他是從哪裡來的。

小王子問了我很多問題，對我的問題卻總是沒聽見似的。慢慢的，我才從他說的話中，瞭解到他是從哪裡來的。比如，他第一次看見我的飛機時（飛機太複雜了，所以我畫不出來），他這樣問我：

「這是什麼東西？」

「這不是什麼『東西』。它會飛呢！這是一架飛機，是我的飛機。」

我自豪的跟他說，我會開飛機。

他聽了之後，驚訝的大聲叫道：

「什麼？你是從天上掉下來的？」

「是的。」我謙虛的說。

「哦，太有趣了！」

小王子哈哈大笑起來，這讓我有些生氣。我可不喜歡別人拿我的不幸開玩笑。

可是小王子接著又說：「那你也是從天上來的，你是從哪個星球來的呢？」

突然，我的腦中閃過一個念頭，「他從哪裡來」這個秘密就要揭開謎底了。

我急切的問道：

「那你是從別的星球來的嗎？」

可是他卻沉默了，一邊看看我的飛機，一邊點著頭：

「是啊，就憑這種東西，你來的地方也不可能很遠……」

說著，他認真的想了很久。然後，又從口袋裡拿出我畫的綿羊，全神貫注的看著這個寶貝。

我對於他是「從別的星球來的」這件事，感到十分好奇，於是極力想多知道一些：

「你是從哪裡來的，小傢伙？你住哪裡？你打算把我的綿羊帶到哪裡去？」

他安靜了一下，對我說：

「你送我的這個箱子滿好的，我可以給綿羊當屋子住。」

「當然可以。如果你聽話，我還能幫你畫一根繩子，讓你把牠拴住。另外，再幫你畫一個木樁。」

「拴住？這真是奇怪的想法。」我的朋友又笑起來，「你讓牠往哪裡跑啊？我住的地方那麼小。」

或許是因為有點傷感，他又補充了一句：「我住的地方，一直往前走也走不了多遠的……」

我因此知道了另一件重要的事情：**他居住的星球，跟一棟房子差不多大**！

但這並不奇怪。我知道，除了地球、木星、火星、金星這些人們熟知的星球外，還有成千上萬個其他的星球存在。在這些星球當中，有的星球非常小，小到用望遠鏡也不見得能看清楚。天文學家發現了類似的星球，給它編個號碼就算是它的名字了，比如稱它為「3251號小行星」。

我有足夠的理由相信，小王子居住的星球，就是B612號小行星。這顆小行星只在1909年被人用望遠鏡看到過一次，那是一個土耳其天文學家。

當時，這位土耳其的天文學家就他的這個發現，在一次國際天文學會議上發表了重要演說。但是，由於他奇異的土耳其裝扮，沒人相信他的話。

大人們看問題的方式就是這麼奇怪。

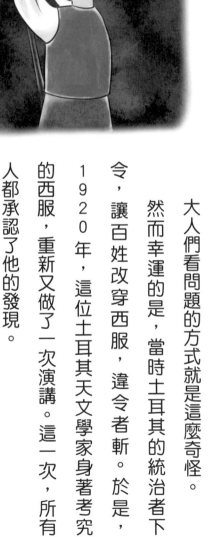

然而幸運的是，當時土耳其的統治者下令，讓百姓改穿西服，違令者斬。於是，1920年，這位土耳其天文學家身著考究的西服，重新又做了一次演講。這一次，所有人都承認了他的發現。

我之所以一五一十的跟你們介紹B612號小行星的情況，還詳細的說了它的編號，完全是為了大人。因為大人們總是對數字特別偏愛。比如，你向他們介紹一位新朋友，他們總愛問一些無關緊要的問題。他們絕對不會問你：「這位朋友的聲音洪亮嗎？他喜歡什麼遊戲？他收集蝴蝶標本嗎？」他們總是會問：「他多大了？有幾個兄弟？他有多重？他父母每個月賺多少錢？」這樣一直問下去，大人們就會覺得已經認識這位新朋友了。

如果你對大人們說：「我看到一幢漂亮的房子，有著紅色的磚牆，窗前種著天竺葵，屋頂上停著鴿子……」只是這樣說，他們會想像不出這棟房子有多美。你得這麼跟他們說：「我看見一幢價值幾十萬法郎的房子。」他們會馬上大聲驚呼：「多漂亮的房子啊！」

所以，如果你跟大人們說：「真的有小王子這麼一個人，他很可愛，會咯咯的笑，他還想要一隻綿羊。」大人們只會聳聳肩，認為你還是個孩子！但是，如果你跟他們說：「小王子來自B612號小行星。」他們就會深信不疑。大人們就是這樣。

不過，我們懂得享受生活，所以才不想讓這些數字把我們變得那麼可笑。我很想像在說一個童話一樣來講述這個故事：

「從前，有一個小王子，他住在一個和自己的身體差不多大的星球上。他需要一位朋友……」

我不希望別人用很輕率的態度來讀我這本書。我敘述這段回憶的時候，心情很難過。我的朋友帶著他的綿羊離開已經六年了。我之所以試圖描繪這段記憶，還特地買了顏料和畫筆，試圖把它畫下來，就是希望不要忘了我的朋友。忘記朋友是件令人傷心的事，並不是所有人都有過一個真正的朋友。再說，我遲早也會變得跟那些只關心數字的大人們一樣。可是，到我現在這個年紀，再重新拿起畫筆，不是一件容易的事情。更何況，當初我只畫了兩幅畫，就是「合著肚子」和「開著肚子的蟒蛇」。那還是六歲時候的事情。

當然，我一定會盡力把它們畫得像一點！不過，我也不能保證到底能不能做到。有時候畫得還不錯，但有幾張就不太像了！比如，我對小王子的身材已經記不太清楚了，這張畫的小王子可能太高了，那張呢，又可能太矮了。衣服的顏色也不太記得了。只好拿著畫筆這樣試試，那樣試試。最後，很多重要的細節說不定都弄錯了。不過這一切，請大家原諒我，因為我的朋友從來不跟我解釋什麼。他大概以為我跟他一樣。但遺憾的是，我已經無法像他那樣，有辦法透過紙箱看到裡面的綿羊了。隨著時光流逝，我也許已經有點像那些大人了。

我一定是老了……

猴麵包樹

每天我都會從小王子那裡了解到一些情況，比如他是怎麼離開那裡、又是怎麼來這裡的。這些都是碰巧知道的。就像是我認識小王子的第三天，我知道了猴麵包樹會造成的災難。

這一回的起因還是那隻綿羊。

那天，小王子很擔心的問我：「綿羊會吃灌木叢吧？」

「當然啦！」

「啊！那我太高興啦！」

我不明白。綿羊吃灌木叢，這很重要嗎？

小王子接著說：「這麼說，綿羊也吃猴麵包樹囉？」

我仔細的跟小王子解釋，猴麵包樹不是灌木叢，而是像教堂那麼高的大樹，就算將一群大象帶來，也碰不到一棵猴麵包樹的頂端！

大象的話題讓小王子哈哈大笑起來：「那就讓牠們疊羅漢好了。」

接著他靈機一動，補充說：「猴麵包樹在長高以前也是小小的吧？」

「沒錯。可是，你為什麼要讓綿羊吃小小的猴麵包樹呢？」

「這不是很明顯嘛！」他理所當然的說道，彷彿這是不言而喻的。可是，我依舊是一頭霧水。

原來，在小王子的星球上，既有好的植物，也有不好的植物。植物種子隱秘的睡在土壤裡，直到有一天種子突然甦醒，從地底下冒出來。

如果它是蘿蔔或者玫瑰的幼苗，那麼它愛怎麼長就怎麼長。不過，假如那是一棵不好的植物，一長出來就要及時把它拔掉。在小王子的星球上，有一種非常可怕的植物種子，那就是猴麵包樹的種子。星球上到處是猴麵包樹的種子，它們長得很快，一旦太晚發現，就再也無法剷除了。它們盤根錯節，會把整個星球捆住。因為星球太小了，所以，如果猴麵包樹不斷增加，小行星就會被撐破。

「這是個紀律的問題。」小王子對我說：「當你早上梳洗完畢後，就該仔細打理自己的小星球了。因為猴麵包樹的幼芽和玫瑰的幼芽非常相似，因此，一旦能分辨出哪個是猴麵包樹的幼芽時，就要及時把它們拔掉。這個工作很單調，但是並不困難。」

有一天，小王子建議我畫一張更漂亮的畫，好讓地球上的孩子都知道小行星上的事情。

「要是他們有一天到別的地方去旅行，說不定會對他們有幫助呢！人們總喜歡把事情往後延，有時候是沒什麼關係，可是關係到猴麵包樹的時候，就有可能導致災難。我到過一個星球上，那裡住著一個懶人。有三株這樣的幼苗，他都沒有注意到。」小王子說。

在小王子的指點下，我把小行星畫了下來。猴麵包樹的危害，人們也許沒注意到，可是萬一有人在一顆小行星上迷路了，情況就會變得非常糟糕。所以這次我特別賣力，我想說：「孩子們，當心猴麵包樹啊！」

如果能提醒大家意識到這種潛在的危險，我的努力就值得了。

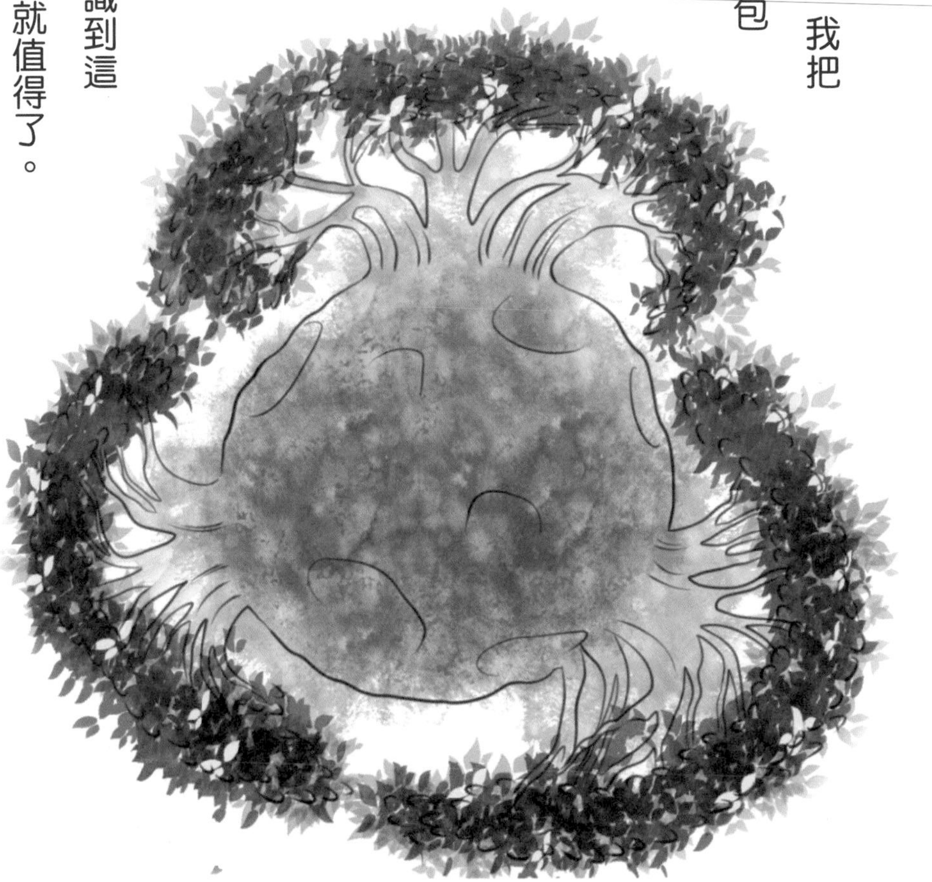

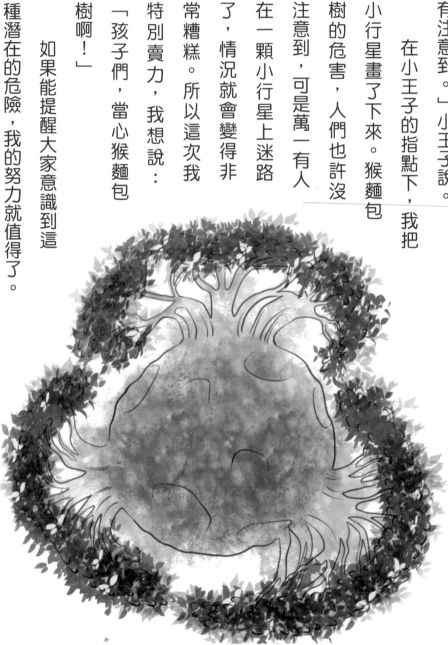

你們可能會問，為什麼這本書裡再沒有出現像猴麵包樹那麼壯觀感人的畫了呢？答案很簡單：我努力過，但是都沒有成功。畫猴麵包樹時，我的心裡非常焦急，情緒受到了感染。

日落

哦，小王子。就這樣，我慢慢的瞭解你那淡淡憂傷背後的秘密。長久以來，你就是靠著觀賞日落來消愁解悶的。第四天的早晨，我才發現了這個秘密。那時你對我說：「我喜歡看日落。我們去看看日落吧！」

「那也要等啊！」

「等什麼？」

「等太陽下山啊！」

起初，你一臉驚奇，隨後你自己都笑出聲來。你對我說：「我總以為我還在

自己家鄉呢！」

就是說啊！大家都知道，美國的正午時分，法國正夕陽西下。所以，必須在一分鐘內趕到法國，你才能看到日落。但可惜，法國實在太過遙遠。在你那個小小星球上，你只要把椅子挪動幾步就行了，想看幾次日落都可以……

「我曾在一天之內看了四十三次日落！」

過了一會兒，小王子又說：「你知道，一個人真正悲傷的時候，才會喜歡看日落……」

「這麼說，那天你一定非常悲傷了？」

小王子什麼也沒有回答。

那朵花兒

第五天，在瞭解「小王子的身世秘密」這方面，綿羊又幫了我的大忙。

那天，小王子默默的思考了很久，突然問我：

「如果綿羊吃灌木叢的話，那牠也會吃花嗎？」

「牠有什麼吃什麼囉！」

「連長刺的花也吃嗎？」

「是的，長刺的花也吃。」

「那麼，那些長在花身上的刺有什麼用呢？」

我不知道該怎麼回答。當時我正忙著把一顆死死鎖在引擎上的螺栓卸下來。

飛機的故障很嚴重，水又快喝完了，我擔心會發生更糟糕的事情，心裡非常焦慮。

「那麼，刺又有什麼用呢？」小王子一旦提出問題，總是要打破砂鍋問到底。

我正為螺栓的事情忙得不可開交，就隨口答道：

「刺啊，那什麼用也沒有，就只是花兒惡意的表現罷了。」

「哦！」

他沉默了一會兒，隨即憤憤不平的向我喊道：「我才不相信你說的話！花兒那麼天真，怎麼可能會有惡意！它們只是想要保護自己，以為自己身上長了刺，別人就不敢來碰它們了……」

我沒說話，心裡想著：要是這顆螺栓還是卸不下來的話，我就一錘子敲掉它。

這時，小王子又來添亂了：「可你、你卻認為花兒……」

「行了、行了！我什麼也不認為！我只是隨口說說而已。你沒看到我正忙著嗎？」

他驚愕的看著我。

「我在忙正事。」我說。

他看我握著錘子，雙手沾滿機油，彎腰，面對一個他覺得非常醜陋的鐵塊。

「你說話的樣子就是像一個大人！」這話讓我有些難堪。可他卻毫不留情的接著說：「你什麼都搞不清楚，把所有的東西都弄得亂七八糟！」

他確實生氣了，一頭金髮在風中顫抖。

「我以前到過一個星球，那裡住著一個膚色像火雞的男人。他從來沒有聞過花香，也從來沒有望過天上的星星，他從來沒有愛過一個人，只知道要算帳。這個人就像你一樣，整天都在重複著：『我有正事要幹，我有正事要幹！』變得不可理喻。可是這算一個人嗎？他就只是一株蘑菇！」

「一株什麼？」

「一株蘑菇！」

這時候，小王子的臉都氣得發白了。

「幾百萬年前，花就長刺了。可幾百萬年前，羊也早就在吃花了！刺什麼用都沒有，那花為什麼還要花力氣長刺呢？把這個弄明白難道不是正事嗎？綿羊和花兒的戰爭難道就不重要嗎？這難道不比那個紅皮膚先生的帳本重要嗎？如果我認識一朵花，它是世界上獨一無二的，是只生長在我那個星球上的。如果有一天，一隻不懂事的小羊一口把它吃了，這難道不重要嗎？」

他激動的漲紅著臉，接著往下說：

「如果一個人愛上了一朵花，而這朵花又是成千上萬的星球上唯一的一朵，那麼，當他仰望星星的時候，他就會感到幸福。他會對自己說，我的花就在那顆星星上……但是，假如一隻綿羊把這朵花給吃了，這對他來說，不就像滿天的星星瞬間熄滅了一樣嗎……這難道不重要嗎？」

小王子再也說不下去了。突然，他哽咽著哭了出來。

夜幕降臨，我放下手中的工具，錘子呀、螺栓呀、乾渴以及死亡呀，都被我拋之腦後了。在我居住的這個星球上，有一位小王子，他實在太需要安慰了……

我把他緊緊摟在懷裡，緩緩搖著，輕聲對他說：「你愛的那朵花不會有危險的，我會為你的小綿羊畫一個嘴套、給你的花畫一圈籬笆，我還要……」

我不知道還能說些什麼。我突然覺得自己很笨拙，不知道該怎麼安慰小王子，讓他不再傷心……眼淚的世界，是多麼的神秘啊！

第三章

旅途啟程

不久，我對小王子說的那朵花有了更多的瞭解。

在小王子的星球上，過去只種著一些很簡單的花，這些花只有一層花瓣，不占地方，也不妨礙任何人。早晨，它們會在草叢中綻放，鮮豔奪目；夜晚，它們便黯然消失。可是有那麼一顆種子，誰也不知道是從哪裡來的。有一天，它突然就冒出幼芽。小王子小心翼翼的觀察著這株嫩苗。他想，說不定這是另外一種猴麵包樹？但是很快，這株嫩苗的莖就不再生長，枝頭開始生出一個花蕾。小王子眼看著花蕾越長越大，心裡非常開心。他想，這個花蕾裡一定會出現奇蹟。

而這株花待在綠萼裡也沒閒著，她為自己精心挑選顏色，從容的打扮自己。她慢慢穿上衣裙，一瓣一瓣的撫平花瓣，她可不願意自己像有些花一樣，一出現就皺巴巴的。她要讓自己鮮豔奪目的來到這個世界上。你看，她是真的很愛漂亮。

她日復一日悄悄的打扮自己。然後，在某天早晨，太陽剛冉冉升起的時候，她一下子綻放了！

她精心打扮了許久，才打著哈欠說：

「啊！我剛睡醒呢……真對不起，你看我的頭髮還是亂蓬蓬的……」

小王子抑制不住自己的驚歎：

「您真美啊！」

「可不是嗎？」花兒甜甜的回答：「我是和太陽一起出生的。」

小王子看得出，花兒並不謙虛。但是，她實在太迷人了！

「我想，現在應該是用餐時間了。」花兒隨即又說：「您不會是忘了吧？」

小王子很不好意思，不知所措的拿來一壺清水，為花兒澆水。

就這樣，沒過多久，花兒那嬌滴滴的虛榮心就讓小王子受了許多折磨。比如有一天，當花兒提起她身上的四根小刺的時候，她對小王子說：

「那些老虎，就讓牠們揮舞著爪子過來吧！」

「這星球上沒有老虎。」小王子反駁道：「更何況，老虎也不吃草啊！」

「但我不是草呀！」花兒細聲細氣的說。

「對不起……」

「我不怕老虎，但是我怕風。請問，您這裡沒有屏風嗎？」

一棵植物怕風怕到這個地步也太悲慘了。這朵花可真嬌貴。

「晚上請您幫我放上一個玻璃罩。您這裡好冷，佈置也太簡陋了。我原來住的地方……」

她沒再說下去。她來的時候還只是一顆種子，因此，她根本就不可能知道周邊的一切。這麼幼稚的謊言一旦被揭穿，那會讓她無地自容。於是，她乾咳了兩聲，想讓小王子覺得愧疚。

「屏風在哪兒啊？」

「我正要去拿，可您又跟我說起話來了。」

於是，花兒又假裝咳了幾聲，不管怎麼樣，她就是要讓小王子覺得愧疚。

儘管小王子對這朵花心懷愛意，聽了這番話，卻也對她起了疑心。他對花兒那些無關緊要的話題太在乎了，這讓他自己非常苦惱。

「我不應該聽信她所說的話。」有一天，小王子誠實的對我說出心裡話。「花說的話是不能相信的。花是用來讓人欣賞、讓人感受那些芬芳氣息的。這朵花讓我的星球充滿花香，可是我卻沒有去享受那些快樂。老虎爪子的故事，還讓我生了一肚子的氣，但其實我應該覺得愛憐和同情的。」

他還對我說：「當時我根本就不理解，我應該看她做些什麼，而不是聽她說些什麼，她給了我花香、為我綻放……我真的不應該離開她。如果當時我就能猜出，在她那些小花招背後的一片柔情，那該多好啊！花兒總是那麼口是心非。可是，當時我還太小了，不懂怎麼去愛護她。」

我想，小王子一定是藉著候鳥遷徙的機會離開的。出發那天的早晨、離開他的星球之前，他把自己的星球整理得井井有條。他仔細的疏通了活火山：星球上共有兩座活火山，用它們做早飯十分方便。這裡還有一座死火山，可是他說，誰知道死火山是不是真的不會再爆發，所以，他也重新清理了一遍這座死火山。火山疏通之後，就會緩慢、均勻的燃燒，不會噴發。即使真的噴發了，也就和煙囪冒出火苗一樣，不會太強烈。當然，在地球上，人類實在太渺小了，根本沒辦法清理火山。所以，它們才會帶給我們這麼多煩惱和災難。

臨行前，小王子還拔掉了剛長出來的幾棵猴麵包樹的幼苗。他有點憂傷，心想：「這一走也許就再也回不來了。」

那天早晨，這些熟悉的工作，都讓小王子感到格外親切。而當他最後一次給花兒澆水，準備為她放上玻璃罩的時候，他突然覺得自己快要哭出來了。

「再見了。」他對花兒說。

可是花兒沒有回答他。

「再見了。」他又重複一遍。

花兒咳嗽起來。但她並沒有感冒。

「我以前太傻了，」她終於開口：「請你原諒我。希望你能幸福！」

小王子感到非常驚訝，花兒居然一點責備的意思都沒有。他手拿著玻璃罩，不知所措的站在那裡。他還無法理解這種無聲的溫柔。

「是的，我愛你。」花兒對他說：「你卻一直都不知道。這都怪我，可是這些已經不重要了。但是你，你也和我一樣傻。好了，不管怎麼樣，我希望你能幸福……把玻璃罩拿走吧，我不需要它了。」

「可是風……」

「我不會那麼容易感冒的……而且，夜晚的新鮮空氣對我有好處。我是一朵花啊！」

「可是那些蟲子和野獸……」

「既然我想認識蝴蝶，就應該接受兩、三條毛毛蟲的叮咬啊！我覺得這樣也不錯，要不然還有誰會來看我呢？你要離開到很遠的地方去了。至於野獸，我根本不害怕。我也有我的利爪呀！」

花兒天真的亮出她的四根小刺。接著又說：「別那麼拖拖拉拉，這很讓人心煩。既然你已經決定要走了，那就走吧！」

因為她不願意讓小王子看到她在流淚。她是一朵如此驕傲的花啊……

第四章

國王

小王子的星球附近，還有３２５號、３２６號、３２７號、３２８號、３２９號和３３０號小行星。

為了讓自己有事可做、增長見聞，小王子打算一一拜訪這些行星。

第一顆小行星上住著一位國王。

這位國王身穿鑲邊的銀色貂皮大衣，端正的坐在他那張非常簡樸、卻氣派莊嚴的寶座上。

「哈，看啊！來了一位臣民。」國王看見小王子時，大聲歡呼起來。

可小王子覺得很疑惑：他以前並沒有見過我，怎麼會認識我呢？

小王子不知道，對國王來說，世界是非常簡單的：所有的人都是他的臣民。

「你走近一點，讓我好好看看你！」國王說道。他覺得非常自豪，他終於是

某個人的國王了。

小王子看了看周圍，想找一個可以坐的地方，但是，這個小星球卻被國王那華貴的銀色貂皮長袍占滿了，所以小王子只能站著。因為很疲倦，他忍不住打了個哈欠。

「在國王面前打哈欠，這成何體統？」國王對他說：「我禁止你打哈欠！」

「可是我忍不住呀！」小王子感到一絲愧疚。「我走了好長好長的路，一直都沒有睡覺……」

「既然如此，」國王回答：「那我就允許你打哈欠吧！我有好多年沒看到人打哈欠了。打哈欠真是件稀奇事啊！快，快啊！再打一個！這是命令！」

「我被嚇到打不出來了……」小王子紅著臉，結結巴巴的說。

「嗯，嗯！」國王說：「那麼我命令你晚點再打哈欠，晚點再打……」

國王嘴裡不停的嘟噥，看上去不太高興。因為國王非常重視自己的威嚴，人們必須絕對服從他的權威。他不能容忍人們有一絲一毫的反抗，他確實是一個專

制的君主。不過，因為他很善良，所以他下的命令大多非常通情達理。

「要是我命令一位將軍變成一隻海鳥，而這位將軍不服從命令，這不是那位將軍的錯，而是我的錯。」他常常這麼說。

「我可以坐下嗎？」小王子怯生生的問道。

「我命令你坐下。」國王回答，並把他那銀色貂皮大衣的衣角朝自己身邊拉了拉。

小王子感到很疑惑。這麼小的星球，國王能統治些什麼呢？

「陛下……」他對國王說：「我請求陛下允許我提個問題……」

「我命令你提問。」國王迫不及待的說。

「陛下，您在這裡統治什麼呢？」

「一切！」國王不假思索的回答。

「一切？」

國王大手一揮，指向他的小行星、別的行星和所有的星球。

「這些全歸您統治？」小王子疑惑的問。

「是的，都歸我統治……」國王答道。

這麼說來，這位國王不僅是一個專制的君主，他還統治了整個宇宙！

「那些星星都臣服於您？」

「當然。」國王說：「它們當然臣服於我。我不容許有任何反抗。」

這麼大的權力讓小王子驚歎不已，如果他也能擁有這樣的權力，那麼他就可以在一天之內看不只四十三次落日，他可以看七十二次，甚至一百次或者兩百次，連椅子都不需要挪一下！想到這裡，小王子突然想起自己離開已久的星球，忍不住有些感傷。於是，他鼓起勇氣，向國王提出了一個請求：

「我真想看一次日落……請您命令我看太陽下山吧！如果能看一次日落，我會非常高興的……」

「如果我命令一位將軍像一隻蝴蝶那樣，從一朵花飛向另一朵花；或者命令他寫一齣悲劇；或者命令他變成一隻海鳥，而這位將軍沒辦法執行這個命令，那麼，這是誰的錯呢？是我的錯，還是他的錯？」

「當然是您的錯啊！」小王子回答得十分乾脆。

「沒錯。一個人在要求另一個人的時候，他要先看看那個人是否具備這種能力。」國王接著說：「權威的首要條件是建立在合理的基礎上。如果你命令你的臣民去跳海，那麼一定會被拒絕，他們甚至有可能會造反。我之所以有權要求臣民服從於我，就是因為我的命令合情合理。」

「那麼我想看的日落呢？」小王子想起他的請求。只要是他提出的問題，他是永遠不會遺忘的。

「你會看到日落的，我會命令太陽下山。只是，按照我的統治經驗，我要等到時機成熟的時候才能下達命令。」

「那要等到什麼時候呢？」小王子問。

回答前，這位國王先查看了一本巨大的日曆。「嗯，嗯……可能在今天晚上七點四十分左右！那時，你就能看到太陽是多麼服從於我的命令了！」

小王子打了一個哈欠，他因為錯過觀看落日的時機而感到懊惱和遺憾，而且，他現在也覺得有些無聊了。

「這裡也沒什麼事可以做了。」小王子說：「我還是去別的地方吧！」

「別走，」國王不希望他離開，他好不容易才有了一個屬於他的臣民，「別走，我任命你當大臣。」

「什麼大臣？」

「嗯……司法大臣吧！」

「可是您這裡根本就沒人讓我審判啊！」

「那可不一定，」國王說：「我還沒有巡視過我的王國呢！我太老了，可是這裡沒地方安置車輛，走路又太累了。」

「哦！可是我已經看過了。」小王子轉過身，朝小行星的另一端張望了一下，

「那邊也沒有人……」

「你應該檢討自己才對。」國王說道，「這是最難的事情。審判自己要比審判別人難多了！如果你有機會好好的反省自己，那才是真正的智者。」

「可是，」小王子說：「我隨便到哪裡都可以進行自我反省，不一定非要待在您這裡啊！」

「嗯，嗯！」國王說：「我想，在我的星球上不知什麼地方，有一隻很老的老鼠。我經常在晚上聽到牠的動靜。你可以審判這隻老鼠嘛！你可以一次又一次的審判牠，這樣一來，牠的小命就全憑你處置了。但是，千萬不能真的判牠死刑，最後要記得赦免牠，要知道，我這裡可就只剩這麼一隻老鼠了！」

「我不喜歡審判老鼠。」小王子說：「我想，我現在真的該出發了。」

「不行。」國王說。

小王子執意要走，可是他又不想讓老國王難過，於是他說：

「陛下既然如此重視臣民服從命令，那麼，陛下現在給我下道命令吧！比如說，您可以命令我在一分鐘之內離開這裡。我想，下命令的時機已經到了……」

國王沉默了。小王子起先還在猶豫，然後歎了口氣，便毅然啟程了。

「我任命你當我的大使！」國王慌忙朝小王子喊道。到這個時候，國王還是裝出一副很有威嚴的樣子。

「大人們真是太奇怪了！」旅行途中，小王子不禁喃喃自語道。

愛慕虛榮的人

小王子旅行經過的第二個星球上，居住著一位非常愛慕虛榮的人。

「啊，有位崇拜者來看我了！」這位愛慕虛榮的人遠遠看到小王子，就大聲喊了起來。

在他眼裡，所有的人都是他的崇拜者。

「您好。」小王子說：「您這頂帽子真有趣！」

「這是用來致意的。」愛慕虛榮的人回答：「有人為我歡呼時，我就用這頂禮帽向他們致意。不過很可惜，一直都沒有人經過這裡。」

「是嗎？」小王子問，他沒明白那人的意思。

「你用一隻手去拍你的另一隻手。」於是愛慕虛榮的人這麼教小王子。

小王子照著做，隨後連續拍起手來。這時，愛慕虛榮的人故作謙虛的摘下禮帽，向小王子揮帽致意。

「這裡比國王那裡有趣多了！」小王子心想。

小王子接著繼續為愛慕虛榮的人鼓掌，對方就又摘下帽子禮貌的致意。

就這樣玩了五分鐘，小王子開始覺得厭煩。

「要是您沒了禮帽，那該怎麼辦？」小王子問道。

愛慕虛榮的人卻沒有理會他。只要是愛慕虛榮的人，都只喜歡聽讚美的話。

「你真的很崇拜我嗎？」他問小王子。

「『崇拜』是什麼意思？」

「崇拜的意思，就是你認為我是這個星球上長得最英俊、穿著最時尚、最有錢、最聰明的人。」

「可是，這個星球上只有您一個人呀！」

「你還是崇拜我吧，這樣我會很高興的！」

「我崇拜您？」小王子一邊說，一邊微微聳了聳肩，「可是，有人崇拜有什麼用呢？」隨後，小王子離開了那裡。

「大人們真是太奇怪了！」路上，小王子自言自語的說著。

醉漢

小王子到了下一個行星，上面住著一名醉漢。

這次到訪的時間很短暫，但是卻讓小王子陷入深深的惆悵。

他看見這位醉漢安靜的坐在桌前，前面放著一堆空酒瓶，身邊還擺著許多裝得滿滿的酒瓶。

「您在做什麼呢？」小王子問道。

「我在喝酒。」醉漢一臉憂鬱的答道。

「您為什麼要喝酒？」小王子又問。

「為了忘卻。」醉漢說。

「您想忘記什麼呢？」小王子突然覺得有點同情他了。

「我想忘了讓自己感到羞愧的事情。」醉漢垂著腦袋，迷迷糊糊的說著。

「是什麼讓您覺得羞愧呢？」小王子又問，他很想幫他。

「因為喝酒而羞愧。」說完這句話，醉漢就再也不說話了。

小王子帶著困惑離開了這個星球。

「大人們真是太奇怪了！」旅途中，小王子這麼想著。

商人

小王子經過的第四個星球上，住著一位商人。這個人實在是太忙了，連小王子來了，他都沒抬頭。

「您好。」小王子跟他打招呼：「您的香煙熄了。」

「三加二等於五。五加七等於十二。十二加三等於十五。你好。十五加七等於二十二，二十二加六等於二十八。我現在沒空點煙。二十六加五等於三十一。哈！結果是五億一百六十二萬二千七百三十一。」

「五億什麼？」

「啊！你怎麼還在這裡？五億一百萬……我也不記得了……我要做的事情太多了！我在忙正事，沒時間跟你閒聊。二加五等於七……」

「到底是五億一百萬個什麼？」小王子又問了一遍，他從來不會漏掉自己的問題。

商人這才抬起頭。

「我在這個星球上住了五十四年，只被打擾過三次。第一次是二十二年前，有一隻金龜子，不知道是從哪裡掉下來的，牠弄出一種特別刺耳的噪音，害得我在一筆賬裡出了四個差錯。第二次是十一年前，我的風濕病發作，動彈不得。我平時沒時間去鍛鍊，我有很多正事要做，沒時間去做別的事。第三次就是你！我剛才說到五億一百萬……」

「到底五億一百萬個什麼？」

商人明白，如果他不回答這些問題，就別想安靜了。

「五億一百萬個人們平時能在天空中看到的小東西。」

「是蒼蠅嗎？」

「不，當然不是。是會閃閃發光的東西。」

「蜜蜂？」

「不是，不是。不是那些無所事事的人看了會異想天開的小東西。我是個做

正事的人，沒有胡思亂想的時間。」

「哦！是星星嗎？」

「對啦！就是星星。」

「可您要五億一百萬個星星有什麼用呢？」

「五億一百六十二萬七百三十一個！我是個認真的人，要講究精準。」

「可您到底要拿它們做什麼呢？」

「我要拿它們做什麼？」

「對啊！」

「不做什麼。我擁有它們啊！」

「您擁有星星？」

「對。」

「可是，我遇到過一個國王，他……」

「國王是不會『擁有』什麼的，他們只是『統治』。這是完全不同的。」

「擁有這些星星對您有什麼好處呢？」

「可以讓我變得富有。」

「您變得富有了，那又有什麼用呢？」

「如果有人發現了別的星星，我就可以去買啊！」

小王子心想，這位商人跟那個醉漢真像啊！

雖然如此，小王子還是接著問。

「人怎麼能擁有星星呢？」

「不然它們屬於誰？」商人不太高興的反問。

「不知道，可能不屬於誰。」

「那麼它們就是我的。因為我是第一個這麼想的人。」

「這樣也可以嗎？」

「當然。當你發現一顆不屬於任何人的鑽石時，那顆鑽石就是屬於你的。當你發現一座不屬於任何人的島嶼時，那座島就是你的了。如果你最先想出一個古怪的想法，趕快去申請發明專利，這樣這個想法就會專屬於你。我現在就擁有這些星星，因為在我之前沒有人想過要擁有它們。」

「說的也是。」小王子說：「可是，它們有什麼用呢？」

「我管理它們。我會一遍又一遍的計算它們的數量。」商人說：「這可不是鬧著玩的。我是個做正事的人。」

小王子聽了還是不滿意：「如果我有一條圍巾，那我就把它圍在脖子上帶走；如果我有一朵花，我就把它摘下來帶走。可是您沒法把星星摘下來呀！」

「沒錯，但是我可以把它們存到銀行裡。」

「這是什麼意思？」

「就是說，我把星星的總數寫在一張小紙片上，然後把這張紙片放進一個抽屜裡鎖好。」

「就這樣？」

「這樣就可以了。」

「真有趣！」小王子想：「這其實滿詩情畫意的，但也不算什麼正事啊！」

小王子對正事的看法，跟大人們對正事的看法的確很不一樣。

「我有一朵花，」小王子說：「我每天給她澆水。我有三座火山，我每個星期都幫它們清理一遍。我也會整理那座死火山，因為不曉得它還會不會噴發。我擁有它們，這對它們來說是一件好事，對火山有好處，對花兒也有好處。可是，你擁有星星，對它們卻一點好處都沒有。」

商人張著嘴，一時間說不出話來。於是，小王子離開了。

「大人們真是太奇怪了！」小王子唸了幾句，又踏上旅途。

點燈人

小王子途經的第五個行星非常特殊，是他到過的行星當中最小的一個，上面只能容納一盞路燈和一位點燈人。

小王子覺得很疑惑，在天空的這一個角落，在這個既沒有房子又無人居住的小星球上，一盞路燈和一個點燈人有什麼用呢？不過他還是對自己說：

「這位點燈人可能不太正常。但是跟那位國王、那位愛慕虛榮的人、那位商人和那位醉漢比起來，他還是正常多了。至少他的工作有意義。他點燃路燈，你可以認為這盞路燈為穹蒼增添了一顆星星，或者喚醒了一朵花。當他熄滅街燈時，就好比那顆星星隕落了，或者那朵花安然入睡了。這聽起來是一件很美的事情。美好的事情總是有價值的。」

一到這個小星球，小王子就恭敬的問候這位點燈人。

「早安。您剛才為什麼要把這盞路燈熄滅呢？」

「這是規定。」點燈人回答，同時也問候小王子，「早安。」

「是什麼規定呢？」

「熄滅路燈的規定。晚安。」說著，他又點燃了路燈。

「那您剛才為什麼又點燃它呢？」

「這是規定。」點燈人說。

「我不明白。」小王子說。

「這沒什麼好明白的。」點燈人說：「規定就是規定。早安。」

說著，他又把燈熄滅了。

然後，他用一塊紅色方格手帕擦了擦額頭，說：「我做的是一件非常累人的工作。以前還好，天一亮，我就把燈熄滅，等天黑了再點燃它。白天的其他時間我可以休息，晚上我還有時間睡覺……」

「後來規定改變了嗎？」

「規定倒是沒變，」點燈人說：「可是不幸的地方就在這裡。這個星球轉得一年比一年快，但是規定卻一直沒有改變！」

「結果呢？」小王子問道。

「結果，現在每分鐘轉一圈，我連一秒鐘的休息時間都沒了。我要在一分鐘內點一次燈、熄一次燈。」

「這太有趣了！您這裡一天只有一分鐘。」

「這一點也不有趣！」點燈人說：「我們說話的時候，已經過了一個月。」

「一個月？」

「對。三十分鐘。三十天。晚安。」說著，他又點燃了路燈。

小王子看著他，心裡很喜歡這個盡忠職守的點燈人。他想起了自己以前不停挪椅子看日落的事情，很想幫助這位朋友。

「如果您願意，我有一個辦法，可以讓您休息一下。」

「那太好了，我一直想休息。」點燈人說。

看來，一個人在忠於職守的同時，也可能想著偷懶呢！

小王子接著說：「您的星球這麼小，您走三步就可以繞一圈了。所以，只要您走得慢一點，就可以一直待在太陽下了。如果您想休息的話，就往前走，您想白天有多長，就有多長。」

「這可不是什麼好辦法。」點燈人說：「我平時最喜歡的就是睡覺了。」

「那就沒辦法了。」小王子說。

「看來是沒辦法了。」點燈人說：「早安。」說著他熄滅了路燈。

小王子繼續他的旅行，一路上，他一直在想：國王也好、愛慕虛榮的人也好、醉漢也好、商人也好，他們可能會看不起點燈人。可是，點燈人卻是他們當中唯一一個，自己不覺得可笑的人，因為他所做的事情是為所有人著想。

小王子惋惜的歎了口氣，自言自語道：「在這麼多人裡，他是我見過唯一一個值得當朋友的人，可惜他的星球實在太小了，擠不下兩個人……」

小王子不願意承認，其實他最想念的，是這個小星球上每天都能看到一千四百四十次日落。

地理學家

小王子途經的第六顆行星，體積有第五顆的十倍大。上面住著一位老先生，他曾寫過很多很多的書。

「看啊！來了一位探險家！」他一看見小王子，就熱情的喊道。

小王子在桌子邊坐下，他有些氣喘吁吁，因為他已經走了很長的一段時間。

「你是從哪裡來的？」老先生問小王子。

「這本書這麼厚，是什麼書啊？」小王子問：「您又在這裡做什麼呢？」

「我是地理學家。」老先生說。

「什麼是地理學家？」

「地理學家是學者，他知道哪裡有海、哪裡有河，哪裡有城市、山脈和沙漠。」

「這可真有趣啊！」小王子說：「這才是一個真正的職業。」

說著，他朝這個星球的四周看了看，他還從來沒有見過這麼雄偉壯麗的星球。

「您的星球真美呀！這裡有大海嗎？」

「這個我就不知道了。」地理學家說。

「啊？」小王子覺得很失望，「那這裡有山嗎？」

「這個我也不知道。」地理學家回答。

「那這裡有河流和沙漠嗎？」

「我也不知道。」

「可是，您不是地理學家嗎？」

「是的。」地理學家說：「但我不是探險家。我這裡就缺一位探險家了。地理學家不會去探測那些城市、河流、山脈、沙漠和海洋。地理學家太重要了，這些不值得讓他到處跑來跑去。他從來不離開他的辦公室，但是他會接見探險家，並把他們探險所得到的資訊記錄下來。如果哪一位探險家的資訊值得重視，地理學家就會找人對這位探險家的道德品行進行查核。」

「這是為什麼呢？」

「因為如果這位探險家撒謊了，那麼他就會給地理學家的書籍帶來災難，尤其是那些經常喝酒喝得醉醺醺的探險家。」

「為什麼？」小王子問道。

「因為醉漢會把一樣東西看成兩樣，這樣一來，根據他們的講述，地理學家可能會把原來有一座山的地方寫成有兩座山了。」

「我認識一個人，」小王子想起了那個醉漢，「他就不能當探險家。」

「有可能。所以，一個探險家唯有品德良好，人們才會去核實他的發現。」

「要去實地調查嗎？」

「不用，那太麻煩了。探險家只要能拿出物證就可以了。比如說，如果他發現一座大山，地理學家會要求他拿出一塊大石頭做為證據。」

說著說著，地理學家突然興奮起來：「對了，你應該是從一個很遠的地方來的吧？你就是探險家啊！跟我說說你的那顆星球吧！」

地理學家打開他的筆記本，削尖鉛筆。

地理學家一開始只用鉛筆記錄探險家所講述的事情，直到探險家能拿出證據時，地理學家才改用鋼筆來記錄。

「現在可以開始了。」地理學家說。

「哦！」小王子說：「其實沒什麼可以記錄的，我的星球實在太小了。我有三座火山：兩座活火山、一座死火山。不過這座死火山也有可能會再噴發。」

「說不定。」地理學家說。

「我還有一朵花。」

「我們是不記錄花的。」地理學家說。

「為什麼？花才是最美的呀！」

「因為花的存在是短暫的。」

「什麼叫『短暫的』？」

「地理書，」地理學家說：「是所有圖書中最有價值的書籍，它們從來不會過時。一座山，不太可能移動它的位置；一片海洋，也不太可能會枯竭。地理學家的任務，是記錄這些永恆的東西。」

「可是死火山說不定哪一天能復活呢？」小王子打斷他的話：「什麼叫『短暫的』？」

「無論火山是活的，還是死的，對地理學家來說都是一樣的。」地理學家說：「我們關心的是山本身，因為它是不會改變的。」

「所以，什麼叫『短暫的』呢？」小王子繼續追問。一旦他提出了什麼問題，不得到答案他是絕對不會罷休的。

「『短暫的』是指可能隨時會消失。」

「您是說，我的花隨時會消失？」

「當然。」

「我的花隨時會消失……」小王子心裡默默的說：「她只有四根刺可以保護

自己、抵禦這個世界可能發生的危險，可是我居然把她獨自留在那裡！」

想到這裡，小王子突然覺得有些後悔。不過，他很快就振作起來。

「您覺得，我接下去應該去哪裡呢？」小王子問道。

「去地球吧。」地理學家回答說：「地球滿有名的。」

於是，小王子啟程了。可是在他心裡，依舊對自己的那朵花念念不忘……

第五章

抵達地球

於是，小王子旅行途經的第七個星球，就是地球。

在這裡，如果算上非洲的黑人國王，一共有一百十一個國王、七千位地理學家、九十萬個商人、七百五十萬個醉漢、三億一千一百萬個愛慕虛榮的人，總共大約有二十億萬個大人。

為了方便你們瞭解地球到底有多大……這麼說吧，在發明電以前，地球的六大洲上，擁有一支由四十六萬兩千五百十一個點燈人組成的龐大隊伍。

從遠處看，那是十分壯觀的景象！這支隊伍人人訓練有素，就像在歌劇院裡表演芭蕾舞那樣整齊。

最先上場的是紐西蘭和澳洲的點燈人。他們點完路燈後，就回去休息了。接著是中國和西伯利亞的點燈人上場。隨後是俄國人和印度人。接下去是非洲人和

歐洲人，然後是南美洲，再後來是北美洲的點燈人。所有點燈人都不會弄錯自己上場的順序。這樣的場面太了不起了！

北極和南極的點燈人最悠閒，他們只需要點燃一盞街燈就可以了：因為他們每年只忙兩次。

如果一個人想把話說得有趣一點，有時難免會說得誇張一些。我在跟你們講點燈人的故事時，說的就不完全真實。那些對我們行星不太瞭解的人，聽了這樣的故事，可能會產生一些錯誤的印象。

其實，在地球上，人們所占的空間很小。如果生活在地球上的所有人全聚集在一起站好，一個長二十海里、寬二十海里的廣場就能容納所有人。那麼，太平洋中最小的島嶼，其實就裝得下全人類。

當然，大人是不會相信這些話的。他們總以為自己占了很大空間，覺得自己跟猴麵包樹一樣重要。你們不如建議他們仔細計算一下。

只要說到數字和計算，他們就會興致高昂。不過千萬別浪費太多時間在這件事上，這些並不重要，相信我。

所以，當小王子抵達地球時，他沒有看見任何人，這令他相當驚訝。正當他擔心是不是跑錯星球的時候，忽然看見一個閃著光的圓環在沙地上挪動。

「晚安。」小王子向他打招呼。

「晚安。」蛇回答。

「我在哪個星球上呀？」小王子問。

「地球。這裡是非洲。」蛇答道。

「喔！那麼，地球上怎麼沒有人呢？」

「這裡是沙漠，沙漠裡是沒有人的。地球很大！」蛇說。

小王子在一塊石頭上坐下，抬頭望著天空。

「我在想，」小王子說：「這些星星在天上不停閃閃發光，是不是想讓每個人都能找到屬於自己的那顆星星啊？你看我的那顆星星，現在就在我們頭上！可

是，它現在離我好遠啊！」

「它真美。」蛇說：「你到這裡來做什麼？」

「我和我的花吵架了。」小王子說。

「哦！」蛇說。

接著，他們都沉默了。

「人們都在哪裡呢？」小王子終於開口問道。「置身在沙漠裡，真是讓人感到孤獨啊……」

「可是在人群當中也會覺得孤獨的。」蛇說。

小王子凝視著蛇。

「你真奇怪，」小王子說：「和手指一樣細……」

「可是我比國王的手指更有力！」蛇說。

「厲害不到哪裡去吧……你連腳都沒有，根本無法出遠門！」

「我可以把你帶到很遠的地方去，比一艘船能帶你去的地方還要遠。」蛇說。

接著，牠把自己盤在小王子的腳踝上，就像一條腳鏈。

「只要是我碰過的人，我都能把他們帶回他們來的地方。」蛇接著說：「可你這麼單純，又是從另外一顆星球來的……」

小王子沒有說話。

「你在這個花崗石構成的地球上顯得那麼弱小，我覺得很可憐。哪天你要是非常非常想念你自己的星球時，我可以幫助你。」

「哦！我明白你的意思。」小王子說：「不過，你說話為什麼都像是在說謎語一樣？」

「這些謎底我都可以揭開。」蛇說。

然後，他們又都安靜了。

★　★　★

小王子穿過沙漠，碰到一朵長著三片花瓣的花。這朵花並不起眼。

「你好。」小王子說。

「你好。」花回答。

「人們都在哪裡？」小王子禮貌的問。

以前，花曾看見過一支駝隊經過，於是說：「人？我記得，這裡曾經有六、七個人走過，可是那都是好幾年前的事情了，誰也不知道他們現在在哪裡。風把他們吹來吹去的，他們沒有根，這對他們來說實在太糟糕了。」

「那就再見了。」小王子說。

「再見。」花說。

★　★　★

小王子爬上一座高山。

以前，他所認識的山，只有自己星球上那三座和他的膝蓋一樣高的火山。那座死火山，他還把它當成椅子坐呢！

小王子想：「從這麼高的山上望下去，應該一眼就能看到整個星球和這個星

球上所有的人們。」可是，他只能看到懸崖峭壁。

「你們好。」小王子打著招呼。

「你們好……你們好……你們好……」回答他的是一片綿延不斷的回音。

「你們是誰呀？」小王子問。

「你們是誰呀……你們是誰呀……你們是誰呀……」又是一片空蕩蕩的回音。

「請做我的朋友吧！我很孤單。」小王子說。

「我很孤單……我很孤單……」山谷中仍是一片響徹不斷的回音。

「這顆行星可真奇怪！」小王子心想：「這裡好乾燥、崎嶇不平，一點都不好玩，人們一點想像力也沒有，只會不斷重複別人的話……在我的星球上，我的花總會先開口說話。」

當小王子在沙漠、山崖和雪地上走了很長時間之後，他才終於找到一條路。所有的路都是通往有人居住的地方。

「你們好。」他說。

這裡是一個玫瑰盛開的花園。

「你好。」玫瑰們說。

小王子仔細的看了看她們，她們都長得跟他那朵花一模一樣。

「你們是什麼花呀？」小王子驚訝的問。

「我們是玫瑰花。」玫瑰們答道。

「哦！」小王子說，他感到非常傷心。他的花曾跟他說過，她是宇宙中獨一無二的花。可是在這個花園裡，有五千朵跟她長得一模一樣的玫瑰花。

「要是讓她看到，」小王子心想：「她一定會非常生氣……肯定又會不停咳嗽、假裝要死去的樣子，免得讓人嘲笑。而我得照顧她，否則，為了讓我無地自容，她也許真的會讓自己死去……」

小王子心裡不禁暗自傷神。

「我還以為我擁有了宇宙上獨一無二的花，可她卻只是一朵普普通通的玫瑰花。光是那朵花，還有三座只到我膝蓋高的火山，其中還有一座死火山，只有這些，我還算什麼王子啊……」

小王子想到這裡，忍不住趴在草地上傷心的哭了起來。

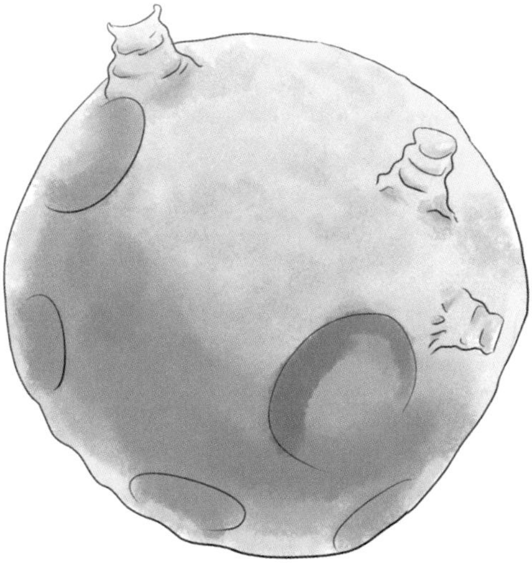

第六章

狐狸與小王子

就在這時，來了一隻狐狸。

「你好啊！」狐狸向小王子打招呼。

「你好。」小王子先是禮貌的回答，然後轉過身，可是什麼也沒有看到。

「我在這裡，」那聲音說：「在蘋果樹底下。」

「你是誰呀？」小王子問狐狸。「你好漂亮啊！」

「我是一隻狐狸。」狐狸答道。

「跟我一起玩吧！」小王子提議。「我現在好傷心。」

「我不能和你玩。」狐狸說：「我還沒有被馴服呢！」

「哦，對不起。」小王子說。

他想了一想，又問：「什麼叫『馴服』呀？」

「你不是這裡的人吧？」狐狸說：「你到這兒找什麼呢？」

「我來找人。」小王子說：「你說的『馴服』是什麼意思？」

「人？」狐狸說：「他們有獵槍，還用獵槍打獵，太討厭了！不過他們也養雞，這點倒還不錯。你也在找雞？」

「不是。」小王子回答：「我在找朋友。什麼是『馴服』？」

「馴服……」狐狸說：「這是被人們遺忘了很久的事情。『馴服』的意思是，互相信任。」

「互相信任？」

「對呀！」狐狸說：「在我眼裡，現在的你只是一個小男孩，跟其他成千上萬的小男孩沒什麼區別。我不需要你，你也不需要我。對你而言，我也只是一隻狐狸，和其他成千上萬的狐狸沒有差別。但是，如果你馴服我，那我們就會互相需要。對我來說，你就會是世界上獨一無二的；對你來說，我也會是獨一無二的……」

「我有點明白了。」小王子說：「有一朵花……我想她把我馴服了。」

「這有可能。」狐狸說：「在地球上，各式各樣的事情都可能發生。」

「可是我說的，並不是發生在地球上的事情。」

「在另一個星球上？」狐狸顯得很好奇。

「是的。」

「在那個星球上，有沒有獵人呢？」

「沒有。」

「啊，這很好。那有雞嗎？」

「沒有。」

「看來世界上沒有兩全其美的事情。」狐狸歎息道。

隨即，狐狸又說回原來的話題。牠對小王子說：

「我的生活真單調啊！我追雞，人追我。所有的雞都長得一個模樣，所以我有點膩了。不過，要是你能馴服我，那麼我的生活就會變得充滿陽光。到時，我

就能分辨出你的腳步聲。聽到別人的腳步聲，我會馬上鑽到地洞裡去；而聽到你的腳步聲，我會覺得這聲音跟音樂一樣優美，將我召喚到洞外。還有，你看，你有看見那塊麥田嗎？我是不吃麵包的，麥田對我一點用都沒有，對我沒什麼吸引力，實在讓人難過。但你的頭髮是金黃色的，所以，一旦你把我馴服了，一切就會變得很美好，麥田的金黃色會讓我馬上想起你來。這樣，我也會喜歡上田野裡清風吹拂麥浪的聲音……」

狐狸停住話語，凝視著小王子。

「請你馴服我吧！」狐狸請求。

「我很願意，」小王子說：「但是，我沒有那麼多時間。我要去找朋友，要去瞭解很多事情。」

「人們只能真正瞭解那些被他們馴服的東西。」狐狸說：「人們沒有時間去瞭解別的，他們在商店裡總能買到現成的東西。可是，因為商店裡沒有販賣『朋友』，所以人們就找不到朋友。如果你想有個朋友的話，那就把我馴服吧！」

「那我要怎麼做呢？」小王子問。

「你要很有耐心。」狐狸回答：「剛開始的時候，你要先坐在離我稍微遠一點的草地上。我呢，會用眼角瞥瞥你。你什麼也不用說，語言容易讓人產生誤解。就這樣，你每天都要坐得離我更近一點……」

第二天，小王子又來了。

「你最好每天都在同一個時間過來。」狐狸說：「比如，如果你下午四點過來，那麼三點的時候，我就會開始感到開心。隨著時間越來越近，我的幸福感也越來越強烈。到四點鐘的時候，我就會興奮得坐立不安、心慌意亂。我會真切的體會到幸福！可是，如果不知道你什麼時候會來的話，我就不曉得該從什麼時候開始期待。所以說，有個約定會比較好。」

「什麼叫約定？」小王子問。

「這也是一種被人們遺忘的東西，」狐狸說：「就是訂下一天，讓這一天與眾不同，或是訂下一個小時，讓這個小時與眾不同。比如說，我與獵人們也有一個約定，他們每個星期四都要和村裡的姑娘們跳舞。所以對我來說，星期四就是一個美妙的日子。這一天，我可以到他們的葡萄園去散散步。如果獵人們跳舞的日子沒有固定時間，那不是每天都一樣了嗎？這樣的話，我就沒有假期了。」

就這樣，小王子馴服了狐狸。

而後，眼看著分別時刻就要到了……

「哎！」狐狸說：「我想哭了。」

「這是你自己的錯。」小王子說：「我本來不想讓你痛苦的，可是你非要我馴服你不可……」

「是的。」狐狸說。

「可是你都快要哭了。」小王子說。

「沒錯。」狐狸說。

「結果你什麼好處都沒有得到。」

「我得到了。」狐狸說：「我得到了麥田的金黃色。」

狐狸隨即又說：「你再去看看那些玫瑰花吧！你會明白，你的那朵玫瑰花是宇宙上獨一無二的玫瑰花。然後你再回來跟我道別，到時我要告訴你一個秘密，作為送給你的臨別禮物。」

於是，小王子去跟玫瑰們告別。

「你們跟我的玫瑰花一點也不像，你們什麼都不是。」小王子對她們說：「你們還沒有馴服誰，也沒有被誰馴服。現在的你們，就跟之前的狐狸一樣。牠曾經跟其他成千上萬的狐狸沒什麼差別，可是現在，牠已經是我的朋友了。因此，牠現在就是這世界上獨一無二的狐狸了。」

玫瑰們聽了，感到十分尷尬。

「你們很美，但是也很空虛。」小王子接著說：「沒人會為了你們犧牲。

當然，在一個路人的眼裡，我的那朵玫瑰花跟你們一樣。可是對我來說，她是唯一的，比你們任何一個都要重要。因為我曾為她澆過水，用玻璃罩幫她擋過風，為她捉過蟲子（除了兩、三隻能變成蝴蝶的蟲子）。而她呢，向我傾訴她的自艾自憐或者驕傲，甚至是沉默，所有的一切，都是因為，她是我的玫瑰花。」

說完，小王子就回到了狐狸那裡。

「再見。」他說。

「再見。」狐狸說：「我要告訴你的秘密很簡單：用心去感覺才是真實的。真正重要的東西，用眼睛是看不見的。」

「真正重要的東西，用眼睛是看不見的。」小王子重複著這句話，他要把它記在心裡。

「因為你在那朵玫瑰花身上付出了時間，才讓你的玫瑰顯得如此重要。」

「因為我在那朵玫瑰花身上付出了時間……」小王子又重複一遍，他也要記住這句話。

「人們已經忘記了這個真理。」狐狸說：「可是你千萬別忘了它。你所認識和熟悉的事物，你終生都要對它們負責。你要對你的玫瑰花負責……」

「我要對我的玫瑰花負責……」小王子重複著，他要把狐狸的話牢牢記住。

第七章

鐵路扳道工和商販

「你好。」小王子說。

「你好。」扳道工說。

「你在做什麼呢？」小王子問。

「我要把成千上萬的旅客分送出去。」扳道工說：「列車載著他們，而我負責列車的方向，一會兒往左，一會兒往右。」

說著，一列燈火明亮的火車呼嘯而過，把扳道工的小屋震得不停顫動。

「人們都好匆忙啊！」小王子說：「他們要去哪裡？他們在尋找什麼？」

「開火車的人也不知道。」扳道工說。

說著，又一列燈火明亮的火車風馳電掣急駛而過，朝著另一個方向轟鳴而去。

「他們已經回來了？」小王子問。

「這不是剛才那列。」扳道工說：「這是對面來的另一列。」

「他們不喜歡自己原來待的地方嗎？」

「人們對自己待的地方從來不會滿意。」扳道工說。

這時，第三列燈火明亮的火車從扳道工的小房子前面疾馳而過。

「他們是在追趕第一列車上的人嗎？」小王子問。

「他們不是在追趕誰。」扳道工說：「他們在裡面睡覺，或者打哈欠。只有孩子才把鼻子貼在車窗上朝外張望。」

「只有孩子才知道他們想要什麼。」小王子說：「他們會花很多的時間在一個布娃娃身上，布娃娃對他們來說就是最重要的東西。要是有人要奪走他們的布娃娃，他們就會哭泣……」

「他們真幸運！」扳道工說。

接著，小王子遇到了一個商販。

這是個賣神奇止渴丸的商販。據說，一個人如果吃了一顆止渴丸，他就可以很久都不需要喝水。

「你為什麼要賣這個東西呢？」小王子問。

「這是一個偉大的發明，它可以幫人們節約時間。」商販說：「專家做過鑒定，人們服用了止渴丸後，每個星期可以省下五十三分鐘。」

「那節省下來的五十三分鐘要用來做什麼呢？」

「做什麼都可以。」

「如果我有這空閒的五十三分鐘，」小王子自言自語的說道：「我會慢慢的走到泉水旁邊。」

沙漠水井

這是我降落在沙漠上的第八天。我聽小王子講著止渴丸商販的故事，喝完了最後一滴儲備的水。

「哇！」我對小王子說：「你講的故事實在太有趣了。可是我的飛機還沒有修好，水也喝光了。要是我也能慢慢走到泉水邊就太好了。」

「我有個狐狸朋友……」小王子說。

「小傢伙，這可不關狐狸的事。」

「為什麼？」

「因為我們快要渴死了……」

他沒弄明白我的意思，他回答我說：「有個朋友真好，就算現在要死了，我還是這麼想。我真高興，我有了一個狐狸朋友……」

我想他完全沒有意識到我的困境。他從不感到饑餓，也不會乾渴，給他一點陽光就足夠了。

然而他看著我，彷彿看穿了我的心思。

「我也口渴……我們一起去找口井吧！」

我露出一臉疲憊。在這一望無際的沙漠中盲目的尋找井水，實在是太荒唐了。但是，我們還是上路了。

經過幾個小時的行走，夜幕降臨，星星在天空中閃耀。因為太乾渴了，我有點發燒。我仰望著天上的星星，彷彿在夢中一樣。這時，小王子的話不經意間又在我的腦海裡跳了出來。

「這麼說，你也渴了？」我問他。

他沒有回答我的問題，只是告訴我：「水對心靈也有好處……」

我沒有理解他的意思，我沉默著……我知道，現在問他也是徒勞無功。

小王子累了，他坐了下來。我在他身邊坐下。沉默了一會，他又說：「星星之所以美麗，是因為那裡有一朵讓人思念的花兒……」

「是啊。」我一邊回答，一邊默默看著月光下的沙漠褶皺。

「沙漠真美啊！」他又說道。

確實如此。我一直很喜歡沙漠。我們坐在一個沙丘上，什麼也不看，什麼也不聽；然而萬籟俱寂中，卻有些東西在閃閃發光……

「沙漠之所以美麗，是因為在某個地方隱藏著一口井。」

我愣了一下，突然明白為什麼沙漠綻放著光芒。小時候，我住在一座古老的房子裡，傳說宅子裡埋藏著寶藏。當然，從來沒有人發現過這些寶藏，或許根本沒有人去尋找過。可是，寶藏卻讓整幢房子顯得異常神秘。因此對我來說，我家房子深處一直隱藏著一個秘密。

「我真高興，」小王子說：「你和我的狐狸的看法一樣！」

小王子睡著了，我把他抱在懷裡，重新上路。我有些激動，就好像抱著一個易碎的寶貝。我甚至覺得，再也沒有比他更柔弱的東西。月光下，我看著他蒼白的額頭、緊閉的雙眼，還有那隨風飄動的幾縷頭髮。我對自己說：「眼前我看到的只是軀殼，他內在的、心靈的東西，是肉眼看不到的……」

當小王子微微張開的嘴唇露出一絲笑意時，我又對自己說：「這個熟睡的小王子之所以打動我，是因為他對那朵玫瑰花的忠誠。那朵玫瑰花的影像，即使在他睡著的時候，仍然在他身上散發著光芒，就像一盞燈的火苗一樣……」想到這裡，我覺得眼前的小王子顯得更柔弱了。人們應該好好的呵護燈火，不然，一陣風就會讓它熄滅。

就這樣走啊走，第二天早上，我們終於找到了一口水井。

「人們拼命的往火車上擠，」小王子說：「卻不知道自己想到哪裡去。所以他們總是忙忙碌碌、跑來跑去……」

他接著說：「其實不用這麼辛苦啊……」

我們找到的這口井，跟撒哈拉沙漠中的其他井不一樣。撒哈拉沙漠中的井大多比較簡單，就只是人們在沙地上挖的洞而已。但我們找到的這口井，卻跟村莊裡的井很像。只是這裡並沒有村莊，這讓我以為自己還在做夢！

「真奇怪！」我對小王子說：「全部都準備好了，有滑輪、水桶、井繩……」

小王子笑了，他拉住井繩繞住滑輪，轉了起來。滑輪發出轆轤的聲響，就像沉睡已久的風車發出的聲音。

「你聽見了嗎？」小王子說：「我們把這口井喚醒了，它正在唱歌呢……」

我不想讓小王子太辛苦。「還是讓我來吧！」我對他說：「你搖不動的。」

我把水桶慢慢提出井面，將它穩穩的放上井欄上面。滑輪的歌聲還在耳邊迴響；蕩漾的水面上，星星也在顫動。

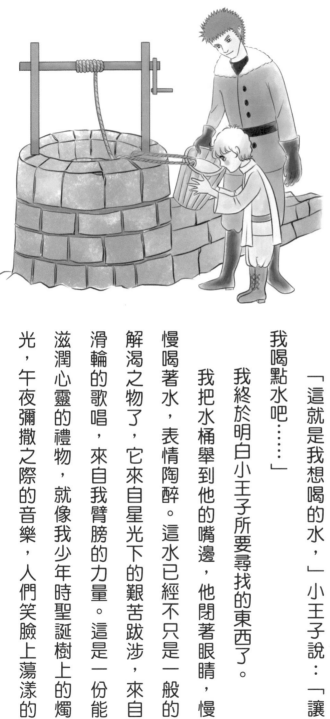

「這就是我想喝的水，」小王子說：「讓我喝點水吧……」

我終於明白小王子所要尋找的東西了。

我把水桶舉到他的嘴邊，他閉著眼睛，慢慢喝著水，表情陶醉。這水已經不只是一般的解渴之物了，它來自星光下的艱苦跋涉，來自滑輪的歌唱，來自我臂膀的力量。這是一份能滋潤心靈的禮物，就像我少年時聖誕樹上的燭光，午夜彌撒之際的音樂，人們笑臉上蕩漾的溫暖，都讓我收到的禮物灑上光芒。

「這個地方的人們，」小王子說：「他們在一座花園裡種了五千朵玫瑰，卻沒有找到一朵他們想要的……」

「他們找不到……」我回答道。

「其實，在一朵玫瑰或者一滴水中，他們就能找到他們想要的……」

「說的沒錯。」我說。

小王子接著說：「要知道，眼睛是盲目的，他們應該要用心去尋找。」

喝了水，我的呼吸重新變得清晰均勻。沙漠在晨曦中泛出一層蜂蜜般的色澤。這種顏色讓我心頭洋溢著幸福的感覺，我還有什麼可憂傷的……

「你該實踐自己的諾言了。」小王子柔聲對我說，重新坐在我的身邊。

「什麼諾言？」

「你知道的……給我的羊畫個嘴套，我要對我的花負責。」

於是，我從衣袋裡掏出畫本。

小王子看了一眼，笑著說：「你的猴麵包樹畫的有點像高麗菜。」

「哦？」我還滿為我畫的猴麵包樹感到驕傲呢！

「你的狐狸……牠的耳朵看上去有點像兩隻角……再說，這也畫得太長了！」

他大笑起來。

「這不公平。除了合著肚子和開著肚子的蟒蛇，我可沒畫過別的東西了！」

「哦，沒關係。」他說：「孩子們看得懂。」

我用鉛筆畫了一個嘴套。把畫遞給小王子時，我心裡很難過。「我還不知道你接下來有什麼打算呢……」

小王子沒有回答，只說：「你知道，我是掉到地球上來的。明天，就整整一年了……」

沉默了一會兒之後，他接著說：「我就是在這附近掉下來的……」

小王子的臉頰紅潤。

不知道為什麼，我再次感到一陣莫名的憂傷。這時，我突然想到一個問題。

「這麼說來，一個星期前我遇到你的那個早晨，你獨自一個人從這杳無人煙的沙漠中走來，並不是偶然囉？你想回到當初掉落的那個位置？」

小王子的臉又紅了。

我有些猶豫，還是接著說：「也許，你是為了周年紀念？」

小王子的臉再一次變紅。他往往不回答我的問題，但他臉紅的時候，也就意味著答案是對的，難道不是嗎？

「啊……」我歎息道：「我有些怕……」

小王子卻打斷我，說：「你現在該去工作了。你得回到你的飛機那裡。我在這裡等你。你明天晚上再來吧……」

可是我的心裡卻難以平靜。我想起了那隻狐狸。

一個人如果被馴服了，難免要感到傷心了……

第八章

約定返程

水井旁邊，有一面殘破的舊石牆。第二天晚上，當我工作完回來的時候，遠遠就看見小王子兩腳懸空、坐在斷牆上。我聽見他在說話。

「難道你不記得了嗎？」小王子說：「不是這裡。」

肯定有一個聲音在回答他，因為他又回答：

「是的，是的！是這一天，可是不是這個地方……」

我朝石牆走去，既沒有看見人影，也沒有聽見人的聲音。但是小王子又回答：

「是的。你能看見我的腳印從沙漠的什麼地方開始。你在那裡等我就可以了。今天晚上我會過去的。」

我離石牆只有二十公尺了，但我還是什麼都沒看見。

過了一會兒，小王子接著說：

「你的毒液有用嗎？你確定不會讓我痛苦很久吧？」

我心頭一陣難受，停下腳步，但還是不明白發生了什麼。

「現在，走吧！」小王子說：「我要跳下來了！」

這時，我朝牆腳看去，不由得嚇了一大跳！正面對著小王子的，是一條黃色的蛇，這種蛇只需要半分鐘就能置人於死地……

我一邊伸手掏槍，一邊飛奔過去。然而，我的腳步聲驚動了蛇。只見牠「嗖」的一聲鑽進石縫中去，彷彿噴泉滲入沙地，留下一陣輕微的金屬聲。

這時，我衝到石牆下，一把抱住臉色蒼白的小王子。

「這究竟是怎麼回事？你居然在跟蛇說話？」

我幫他鬆開脖子上長長的黃色圍巾，用水擦了擦他的太陽穴，又給他喝了點水。此時，我不敢再問他什麼了。

小王子嚴肅的看著我，用雙臂摟住我的脖子。我感覺到他的心跳，就像一隻被獵槍擊中、瀕臨死亡的小鳥。

小王子對我說：「我很高興，你終於把你的飛機修好了。你可以回家了。」

「你怎麼知道？」

我正想告訴他，就在剛才，像我希望的那樣，我終於把飛機的故障解決了。

他沒有回答我的問題，繼續說：「我今天也要回家了……」

然後，他更憂鬱的說：「我的家更遠、也更難回去……」

我感覺得到，有什麼非同尋常的事情要發生了。

我像抱小孩那樣緊緊摟著他，但我突然覺得，他正在墜落向一個深淵，而我完全無法把他拉住。

他遙望著遠方，目光嚴肅。

「我有你畫的綿羊，有你為牠準備的小箱子和嘴套……」

小王子憂傷的笑了。

等了很久，我才感覺到他的身體慢慢溫暖起來。

「小傢伙，你剛才在害怕……」

是的，他很害怕，可是他卻溫柔的笑著說：「今天晚上，我有更多的擔心和害怕呢……」

再一次，這種無法挽回的感覺將我定在原地。一想到再也聽不見他的笑聲，我就難過得無法自拔。他的笑聲對我來說，就像是荒漠中的清泉。

「小傢伙，我還想再聽聽你的笑聲。」

可是他卻對我說：「到今天晚上，就整整一年了。我的星球今天晚上會剛好抵達我掉落的位置。」

「小傢伙，告訴我，這些關於蛇、約定時間和你的星球，這些事情只是一場噩夢吧……」

他並沒有回答我的問題。

他說：「真正重要的東西，是看不見的……」

「是的……」

「就像花一樣。如果你喜歡上一朵花，而她在另外一顆星星上，當你在晚上仰望星空時，你會覺得很美，彷彿所有的星星都開滿了花。」

「是的……」

「這也跟井水一樣。昨天你給我喝的井水，有了滑輪和井繩，就像一首美妙的歌曲，你還記得吧？那多好聽啊！」

「是的……」

「夜晚，你要抬頭仰望星空。我那顆星球太小了，我沒辦法指給你看它在哪裡。但是這樣也好，對你來說，我的星球就是滿天星星中的一顆。所以，你會愛上所有的星星……它們都會成為你的朋友。我還要送你一件禮物……」

小王子笑了起來。

「啊！小王子，親愛的小王子，我多喜歡你的笑聲啊！」

「這正是我要送給你的禮物，就像那井水……」

「你想說什麼？」

「每個人都能看見星星，但每個人眼裡的星星都不相同。對旅行者來說，星星就是嚮導；對其他的人來說，星星只不過是微弱的亮光；對學者來說，星星是研究的議題；對商人來說，星星就是財富。但是，所有的星星都是安靜沉默的。而你呢，你將擁有和別人完全不同的星星……」

「你究竟想說什麼？」

「我就住在其中一顆星星上，當你晚上仰望星空時，你將會看到所有星星朝你微笑。因為我就在其中的一顆上朝你微笑，所以，對你來說，就像漫天星星都在向你微笑！」他又笑了起來。

「當你因此心情平靜時，你會因為認識我而感到高興。你會一直做我的朋友，會滿心歡喜的和我一起微笑。有時，你會打開窗子……當你的朋友們看到你獨自仰望著夜空微笑，他們一定會覺得驚訝。於是，你對他們說：『是的，星星可以讓我微笑！』他們可能會以為你瘋了……」說著，他又笑了。

「這樣一來，我給你的就不只是星星了，而是好多會笑的小鈴鐺……」

說著他又笑了。但隨後他的臉色變得凝重起來，對我說：「今天晚上你不要來！」

「我不想離開你。」我說。

「到時候，我會看起來很痛苦……有點像快要死去的樣子。你還是不要看見比較好，這不重要……」

「可是我不想離開你。」

他露出一臉擔心的表情。

「和你說這些也是因為那條蛇的關係，你別讓牠咬到你……蛇很壞，牠們會無緣無故的咬你……」

「可是我不想離開你。」

這時，他似乎想到了什麼，覺得放心了一點。

「蛇咬第二口的時候，已經沒有毒液了……」

那天夜裡，我沒看見小王子是怎麼離開的。他悄無聲息的走了。當我好不容易追上他的時候，他正邁著堅定的步伐向前走去。

他只是對我說：「啊！你來了……」，然後拉起我的手往前走。

可是，他又不安起來，「你不該來的，這樣你會很痛苦。到時候我會看起來像死去一樣，可那不是真的……」

我沉默不語。

「你知道的，我住的地方太遠了，沒辦法帶著這個軀體回去，它太重了。」

我還是沉默。

「就像金蟬脫殼，我的身軀就這樣躺在那裡，你不用為空殼感到傷心……」

我還是沉默。

他有些氣餒，但還是重新振作起來，說：「你知道，會好的。我會望著滿天星星。所有的星星都會變成帶著滑輪的水井，所有星星都能讓我解渴……」

我依然默不作聲。

「這會很有趣的！你將擁有五億個鈴鐺，我將擁有五億口水井……」

小王子不再說話。因為他已經泣不成聲了……

「到了。讓我一個人走吧！」

說著，他坐了下來。因為他有點害怕。

他繼續說：「你知道，我的花、我要對我的花負責任……她是那麼柔弱和單純，雖然她有四根刺可以保護自己、不受外界傷害……」

我坐了下來，因為我實在站不住了。

他接著說：「好了……就這樣吧……」

他猶豫了一下，然後站起來，朝前邁了一步。而我，卻動彈不得。

只見小王子的腳踝，突然出現一道黃色的光。剎那間，他靜止不動了。他沒有喊叫，就像風中飄蕩的一片樹葉，輕輕落了下去。就這樣，沒有發出任何響聲，小王子靜靜的倒在沙漠中。

★ ★ ★

時間已經過去六年。

我從來沒有和人說過這個故事。同事們看到我還活著，都替我感到慶倖。我很悲傷，但我只是告訴他們，我是太累了。

現在，我的心情變得比較平靜，但並不是完全不受影響。我很清楚，小王子已經回到了他的星球上，因為那天天亮之後，我發現他的軀體不見了。其實，他的軀體也不是那麼沉重。

我喜歡在夜晚傾聽星星的聲音，那就像五億個小鈴鐺……

可現在，我突然想起來，事情出了點問題。我給小王子畫綿羊的嘴套時，忘了畫上嘴套的帶子！所以，小王子沒辦法把嘴套繫在綿羊的嘴上！

於是，我問自己：「這麼一來，他那個星球上，到底會發生什麼事情呢？說不定他的那朵花已經被綿羊吃掉了……」

有時我也會告訴自己：「肯定不會的。因為小王子每天晚上都會給花兒放上玻璃罩，再說，他一定會小心看管好他的綿羊。」於是，我心裡感覺安心多了。滿天的星星都在朝我微笑。

但有時我又想：「萬一什麼時候有個疏忽，那就完蛋了！說不定哪天小王子忘了放玻璃罩，或是綿羊在晚上悄悄跑出來了呢……」這樣一想，滿天的鈴鐺馬上都變成了淚水……

這是一個很大很大的秘密。喔！對於你們這些跟我一樣喜歡小王子的人來說，世界上沒有什麼東西是一成不變的。說不定，不知道在什麼地方，有一隻我們並不認識的綿羊，牠或許已經把一朵玫瑰吃掉了，也有可能還沒有吃掉……

當你們仰望星空時，你們也許會問，綿羊到底有沒有把那朵玫瑰吃掉？

你們會發現，似乎一切都在發生變化……

可是，從來沒有哪個大人去想過，這一切其實是多麼的重要啊！

後記

對我來說，這是世界上最美好，同時也是最悲傷的風景。這跟前面畫的是同一處風景。我之所以又把它畫了一遍，是為了讓你們看清楚這處景色。就在這兒，小王子在地球上出現，而後又在這兒消失了。請你們仔細看看這幅風景畫吧！這樣，如果有一天，你們到非洲、到撒哈拉沙漠去旅行，就能認出它來。

如果你們有機會經過那裡，請不要急著離開。在那顆星星下面駐足片刻吧！如果這時有一個孩子朝你走過來，如果他在笑，如果他的頭髮是金黃色的，如果他不回答你提出的問題，那你一定知道他是誰了！那樣的話，請你發發慈悲，不要再讓我如此悲傷了，給我寫封信吧，告訴我他又回來了……

夜航

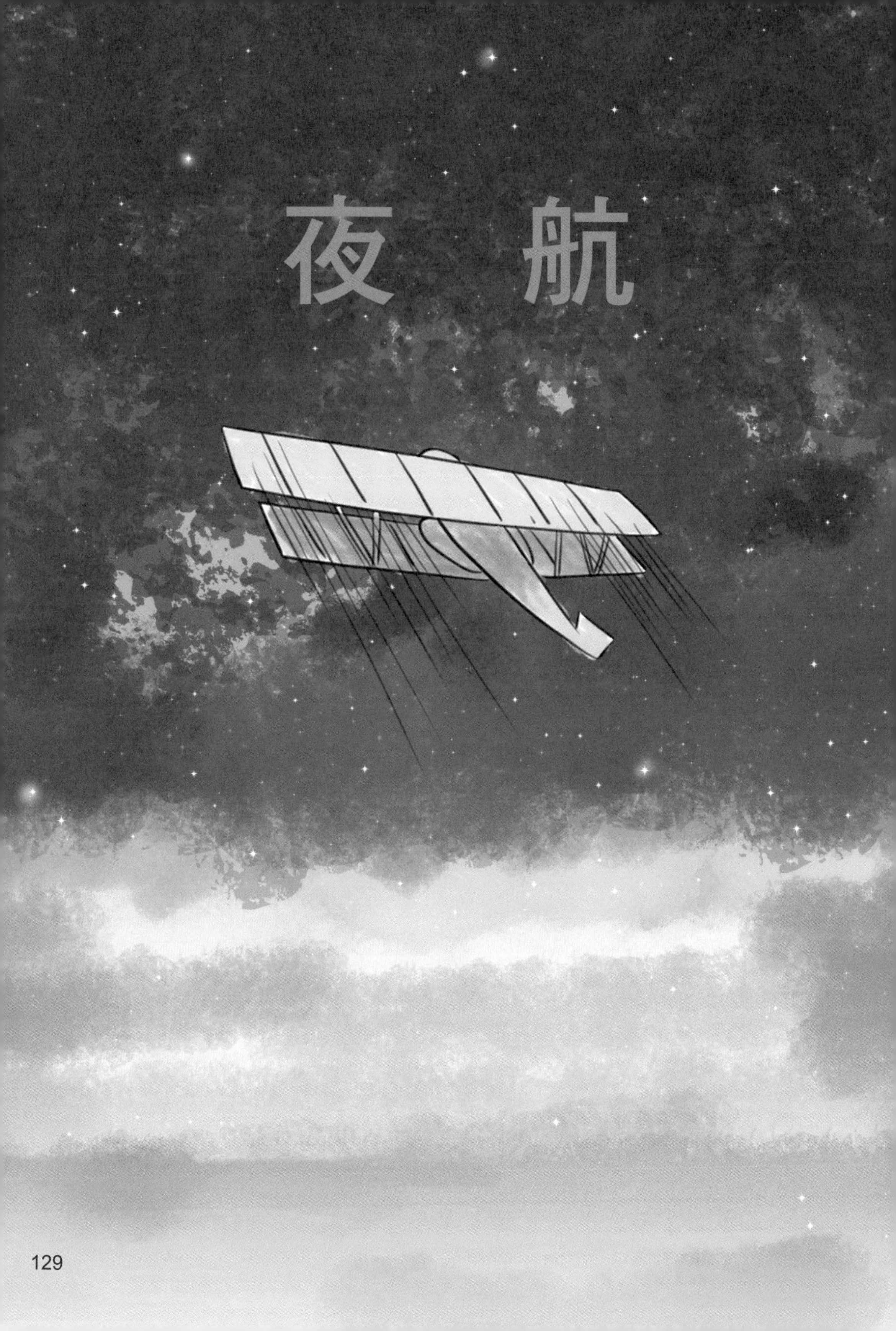

夜航

飛行員法比安正駕駛著郵務貨機，從南方的巴塔哥尼亞預計飛往布宜諾斯艾利斯。

「即將抵達聖胡安，十分鐘後降落。」同機的無線電報員向這條航線上的所有塔台發出訊息，然後遞了一張紙條給法比安：「地面暴風雨太強了，我的耳機裡都是噪音。你會在聖胡安過夜嗎？」法比安微笑回答道：「繼續前進。」

天空非常平靜，前方所有的中途航站紛紛彙報「晴，無風」。但無線電報員卻偵測到暴風雨即將來臨。

法比安減速下降，這時的他感到些許疲倦。人們幸福生活的景象在他的面前被無限放大：房屋、小咖啡館和人行道上的樹木。當他像個征服者翱翔天空的同時，他也非常渴望能住在一個普通的村莊，過著穩定平凡的生活。

十分鐘的停靠結束之後，法比安不得不再次啟程。他回首望著聖胡安，這座小城已經變成一片細碎的燈光，接著是一撮小星星，最終這誘惑法比安的微塵也消失了。

這次夜航任務非常順利，法比安的心情很愉快。飛機十分平穩，法比安伸了伸懶腰，向後靠著座椅。

現在，在夜的中央，他像一個守夜人一樣，發現了夜的召喚。燈光下，那些將手肘抵靠在桌上的農民們，以為他們的燈光照亮的只是簡陋的桌子，卻不知道，在八十公里之外，有人正因這些燈光的呼喚而感動，那就像是荒島上唯一晃動的燈火。

在一次又一次的飛行旅程中，尤其是在暴風雨中穿越了數十次之後，法比安更感受到這種普通的燈光，所展現出來的強烈召喚力量。

巴塔哥尼亞、智利和亞松森的三架郵務貨機分別從南、從西、從北飛往布宜諾斯艾利斯，人們正在此地等候飛機上的郵件，好讓前往歐洲的郵務貨機可以在午夜準時出發。

在布宜諾斯艾利斯機場的著陸跑道上，航空郵政負責人利維埃正來回踱步。他一言不發，在三名飛行員未順利歸返之前，這一天對他來說就仍是提心吊膽的一天。時間一分一秒過去。透過一封封交到他手中的電報，利維埃覺得他正一點一點，將他的飛行機組人員從未知的命運中搶奪回來。

「智利的貨機報告，已經看見布宜諾斯艾利斯的燈火了。」員工說。

「很好。」

隨即，利維埃聽見了這架飛機的聲響，黑夜已經放回一架飛機。晚些時候，還會有另外兩架歸來。到那時候，這一天才算圓滿結束。

機組人員交班了，但利維埃沒有片刻休息的機會，接下來，他該擔心飛往歐洲的郵務貨機了，這一切將永無止境。這位老鬥士第一次驚覺，自己竟然會感到疲憊，這些無盡無休的努力，讓他嘗到了一種放棄生活的悲哀，他難得開始思考自己對平靜生活的渴望。

但他馬上就拋開所有疲憊產生的消極想法，舉步走向貨機停機庫。遠處的引擎聲越來越響，越來越熟悉。智利來的貨機慢慢在機庫前停了下來。技術員和工人忙著卸下郵件，但是飛行員佩爾蘭卻沒有動彈。

「喂！你在等什麼？還不下來？」

佩爾蘭回過神來，轉過身面向上司和同事，嚴肅的打量著他們。佩爾蘭其實很想罵他們幾句，誰叫他們就那樣安安穩穩的站在地面，沒有生命威脅的欣賞著月亮！但是他的個性溫和寬容，所以只說道：「請我喝杯酒！」然後就下了飛機。

汽車載著佩爾蘭駛往市中心，陪同他的是無精打采的督察員羅比諾和沉默寡言的利維埃。佩爾蘭突然感傷起來，不久前他在空中與旋風的搏鬥，是那麼真實，可是當下無人見證，如今回想起來卻有些失真。

他努力回想著——

他當時正平穩的飛越安第斯山脈。冬天的寒冷讓群山顯得無比寧靜。縱深兩百公里，沒有任何人、沒有任何生命的氣息，只有可怕的寂靜。

那是在圖蓬加托火山附近。是的，就在那裡，他親身經歷了一次奇蹟。

原本一切都那麼平靜，一股大自然的怒氣卻突然席捲而來。他憑什麼臆測這股怒氣是從岩石滲出來，或是從積雪中透出來的？他看著山峰和山脊，心不由得揪緊。他繃緊肌肉，像一頭隨時準備躍起的野獸。

所有的一切都變得緊張，層層山脊、山峰像匕首一樣刺進勁風中，感覺它們彷彿在周圍轉動、漂流。他將飛機調頭，忍不住渾身發抖。在他身後，整條山脈似乎都沸騰了。

「我完了。」他想。

積雪從前方的一座山峰噴射而出，接著，第二座山峰……所有山峰一個接一個爆發了！隨著空氣的第一陣波動，周圍的群山開始搖晃起來。

劇烈的震動幾乎沒有留下痕跡，他無法想起讓他顛簸得幾乎絕望的大旋渦。他只記得自己在這些灰色的火焰中奮力掙扎。

利維埃看著佩爾蘭，這個人會在二十分鐘後下車，帶著他的疲倦和沉重消失在人群中。利維埃喜歡這個人，因為即使他剛經歷了一場巨大的驚險，卻沒有試圖用華麗的敘述來博取人們庸俗的讚美。他很單純的，只談論事情發生的經過。他平實的描述著自己如何飛出火山灰雲層，只有在講到他飛進朗朗晴空的那一刻時，臉上的表情才有一種從地洞鑽出來的喜悅。

「門多薩那裡有暴風雨嗎？」羅比諾問道。

「沒有，我降落時晴朗無風。不過，有一場暴風雨緊跟在我們後面，我從沒看過那樣的場景。」佩爾蘭之所以提及暴風，是因為他覺得那情景看起來實在太奇特，城市一個接一個被吞沒其中。說完後，他沉默了，像是陷入某種記憶中。

羅比諾想對佩爾蘭說些什麼，最後卻什麼也沒說出口。

汽車駛入市中心，利維埃讓司機載他去辦公室，留下羅比諾和佩爾蘭。今晚羅比諾有些脆弱，面對勝利者佩爾蘭，他發現自己的生活其實很黯淡。即使有督察員的頭銜、掌握著權利，他仍然比不上這個疲憊不堪的飛行員。

佩爾蘭癱坐在汽車的一角，眼睛緊閉、滿手油污，但羅比諾第一次有欣賞別人的感覺，他想說出來，而且渴望得到一份友誼。「您願意跟我一起吃個飯嗎？

我需要找個人聊聊。」他冒失的問道。

同事們都不太喜歡羅比諾進入他們的私生活，深怕被寫進他的報告。但是，個性溫順的佩爾蘭答應了。

★

利維埃一進入辦公室，正在打瞌睡的秘書們立刻行動起來，辦公室主任也忙著查閱最新的文件，打字機劈哩啪啦作響。接線生把插頭插進電話交換機，並把電報內容記錄在一本厚厚的本子上。

利維埃坐下來開始閱讀。今天又是幸運的一天，飛行記錄井井有條。巴塔哥尼亞的郵務貨機飛行順利。每個機場的報告都是「晴空萬里」。一個金色的夜晚已經降臨南美洲。利維埃為所有事都按部就班的進行而感到高興。

這種守候貨機的夜晚，利維埃認為督察員還是應該守在辦公室裡。

「去把羅比諾叫回來。」他說。

羅比諾就快要和眼前這位飛行員成為朋友了。他當著佩爾蘭的面，打開了自己的行李箱，箱子裡有幾件品味糟糕的襯衫、一些必要的洗漱用品，以及一張纖瘦女性的照片，卑微的展示了他的需要、溫情和遺憾。

當有人來找他時，羅比諾雖然很不情願，但仍是端著架子離開了。

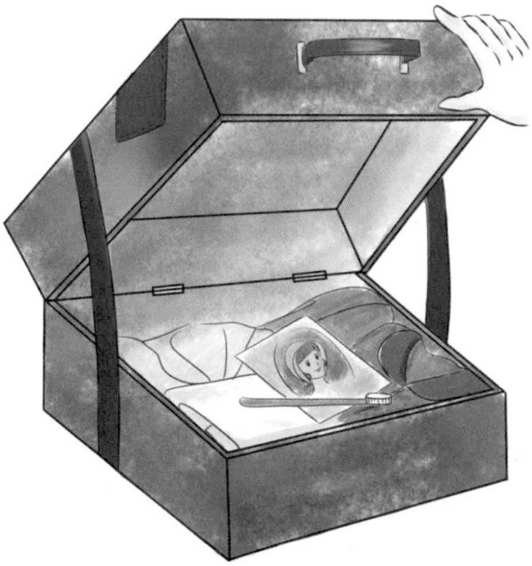

當羅比諾走進辦公室時，利維埃正對著掛在牆上的地圖沉思著，他心想：「這張地圖讓我們犧牲了多少年輕的生命啊！它給我們帶來了多少難題啊！」不過，他沒有把這些想法告訴羅比諾。

「你和佩爾蘭的關係很好嗎？」利維埃突然問道。

「嗯……」

「我不是在指責你。」利維埃轉過身，低頭走了一小步。他拉著羅比諾一起走，嘴角浮現一絲苦笑。「只不過你是他的上司。」他說。

「是的。」羅比諾回答道，但他其實並不明白利維埃苦笑的含義。

「你應該謹守本分。因為，很有可能哪天你就得命令這個飛行員進行一趟危險的飛行，而他必須遵守命令。」

「是的……」

「如果他們是因為友情而服從你，那麼你就欺騙了他們。你沒有任何權利要求別人作出犧牲。」

「沒有，我當然沒有這樣想。」

「如果他們認為，您的友誼可以讓他們免去某些不討人喜歡的工作，你同樣欺騙了他們。他們還是得遵守命令。你必須清楚自己的位置。」

「我……」

一小時以後，幾股旋風開始襲擊巴塔哥尼亞郵務貨機，金屬機體被輕輕托起，似乎就要瓦解了。

無線電報員感到自己正墜入夜的中心。他不敢打擾法比安，也不敢問他有什麼打算，只是雙手緊握支架，身體前傾，凝視著法比安挺直的頭頸。他察覺到那靜止的背影中凝聚的力量，這股力量可能會將他帶向風暴，但同時也庇護著他。

為了驅散因為擔憂而造成的低迷情緒，利維埃在外面走了一會兒。將近晚上十一點，感覺呼吸暢通一些之後，利維埃才開始走回辦公室。他抬頭，看著天上的星星在狹窄的街道上空閃爍，在耀眼的廣告招牌面前黯然失色。

貨機目前正在某處奮鬥，夜航就像疾病一般，漫長的持續著：因此必須徹夜守候。

利維埃推開營業部的門，裡面只亮著一盞燈。唯一的一台打字機發出劈啪的聲響，每當電話鈴聲響起，值班秘書便會起身走向這一聲聲重複、固執的呼喚。

「你別動，我去接。」利維埃說完，拿起聽筒，收到了來自塵世的喧囂。「我是利維埃。」他說。一陣輕微的噪音傳來，然後是轉接員的聲音：「為您轉接無線電收發站。」

又一陣噪音響起，是插頭插入電話交換機的聲音。然後有另一個聲音說：「這裡是無線電收發站。我們有幾份電報要發給你們。」沒有什麼重要的事情，都是例行彙報的訊息。

「郵務貨機的情況呢？」

「現在有暴風雨。我們收不到飛機的訊號。」

「持續聯繫。」

利維埃回到自己的辦公室，他感覺到身體右側又一陣劇痛傳來。幾個星期以

來，這種疼痛一直折磨著他。他感覺自己像一頭受困的老獅子，一陣強烈的悲傷將他淹沒。

「這太可笑了！五十年來，我一直用行程填滿我的生活，但現在，病痛卻充滿了我的整個世界。」他將冷汗擦去，等到從疼痛中逃脫後，就又重新投入工作。

他一邊不停的翻閱獎懲記錄，一邊沉浸在自己的思緒中，直到一份獎懲記錄抓住他的目光：「……羅貝爾，從今天起，不再是我們的工作人員……」

他想起這個老好人，並回想起那晚的談話：

「懲罰你，是為了警醒大家！」

「可是經理……一次、就這一次，您看，我已經在這裡工作了一輩子……」

「沒得商量。」

「可是經理、經理！」

於是，他看到了那個破舊不堪的皮夾和那張舊剪報。在剪報上，年輕的羅貝爾擺著姿勢，站在一架飛機旁邊。

「那是一九一二年的事了，經理先生，是我在這裡裝配了阿根廷的第一架飛機啊！從一九一二年起，我一直在為航空事業服務，先生，整整二十年了！工作室的那些年輕人會怎麼笑我啊……」

「這與我無關。」

「那我的孩子們怎麼辦？先生，我還有孩子要養啊！」

「我已經跟你說過，會給你安排一個工人的職務。」

「那我的尊嚴呢！先生，二十年的經驗，像我這樣的老技術員……」

羅貝爾蒼老的雙手微微顫抖起來，利維埃儘量把自己的目光從他那雙老邁的手移開。

「做個普通工人吧。」

「不、先生，不，我還想跟您說……」

「你可以走了。」

利維埃想：「我用這種粗暴的方式，並不是為了辭退他，而是為了懲戒那些可能不由他負責、卻是因他而起的過失。」利維埃想起那雙衰老的手，開始遲疑，自己是不是該把這張記錄給撕了，然後把他留下來？

電話鈴聲又響了起來，利維埃拿起聽筒。過了很久，電話那頭終於傳來聲音：「經理先生，650號已經進入跑道。一切準備就緒，但最後起飛前，電路接觸不良，所以我們修了一下電路。」

「好的。那是誰安裝的？」

「我們會去查實。如果您允許的話，我們會祭出懲罰。飛機上的燈若是故障，很可能會造成嚴重的後果。」

「當然。」利維埃心想：「燈具故障實在太危險了，因為疏忽而造成過失，這實在罪不可赦，羅貝爾必須離開！」

利維埃想了想，然後撥了電話：「打電話給歐洲貨機的飛行員，讓他在起飛之前來見我。」

飛行員的妻子被電話吵醒，她看看丈夫，心想：「讓他再睡一會兒吧！」

為了不吵醒他，她用手指撫平被子上的皺褶，就像神的手指撫平大海。她起床開窗，夜風迎面撲來，整個城市是那麼平靜和安穩。而她的丈夫，一小時後將扛起歐洲郵務貨機的命運。這讓她不自覺的慌亂起來。

她以種種羈絆束縛著他：音樂、愛情、鮮花。但是，每當出發的時刻到來，這些束縛都會一一脫落，而他似乎對此並不在意。

「幾點了？」他睜開眼問道。

「午夜十二點。」

「天氣怎麼樣？」

「我不知道……」

他起身，伸著懶腰、慢慢走向窗邊。「應該不會太冷。風向……南風。很好。

至少到巴西會一直如此。」他發現有月亮，覺得自己很幸運。接著，他垂下眼睛俯瞰整座城市。

「你在想什麼？」

「阿雷格里港附近可能會起霧。不過，我有辦法，我知道從哪裡可以繞開。」

女人感覺到她的丈夫已經踏上征途，用那寬大的肩膀抵住夜空。她為他扣上腰帶、穿上靴子，親手為他打理每一處，直到一切就緒。在出門之前，他還精心梳理了頭髮。

「你真帥氣，是為了星星嗎？我都要嫉妒了。」他只是笑著摟住她。然後，他把她橫抱起來放到床上。

「睡吧。」他關上門。

利維埃接見了歐洲貨機飛行員。

「你在上次的飛行中開了一個玩笑。明明天氣明朗，你卻中途返回，你完全可以飛過去的。你當時是害怕了嗎？」

吃驚的飛行員沉默了，他搓了搓手，回答：「是的。」

利維埃打從心底同情這個飛行員，他是這麼勇敢，但連他也感到害怕了！

大家都害怕夜間航行這片陰森的領地，彷彿這是一塊未開墾的荊棘地。在那一張張綠色的會議桌前，利維埃曾聽過許多異議。經過長達一年的鬥爭，利維埃最終爭取到夜航的權利。

但是，一開始的時候，飛機也只是在天亮前一小時才起飛，日落一小時後就著陸。當利維埃對自己的經驗稍微放心一些後，他才敢將郵務貨機推進夜的深處。這幾乎無人可以效仿，也使他像是在進行一場孤單的戰鬥。

巴塔哥尼亞的貨機正在接近風暴，法比安試著繞道而行。他評估過，這場風暴的範圍太大了。他試圖從雲層下方繞過這場風暴，如果情況不妙，他打算中途折返。

他從一千七百公尺降到五百公尺。一陣下沉氣流使飛機沉了下去，金屬殼子震動得更厲害了。法比安試圖返回上一個中途站，卻發現根本無法回頭。他打開無線電報員遞過來的紙條：「我們在什麼地方？」

「不知道。照指南針來看，我們正在穿越暴風雨。」他的身體前傾著，每隔三十秒鐘，就檢查陀螺儀和陀螺羅盤。他不知道自己需要花多少時間才能脫離這場暴風雨，他甚至開始懷疑自己也許永遠也無法逃出。

他把剛剛的紙條重複讀了又讀，以此喚起心中的希望：「特雷利烏，四分之三的天空烏雲密布，有微弱的西風。」然後草草寫了幾個字遞給無線電報員：「我不知道是否能穿過暴風雨，請詢問後方的科摩多羅是否晴朗。」

答案令他沮喪：「科摩多羅發來訊息：『不可能從此處返回。有暴風雨。』」

他開始暗忖，可能將有一場巨大的襲擊向他們迎面撲來。

他又指示無線電報員：「問一下聖安東尼奧的天氣如何。」

「聖安東尼奧答覆：『起西風了，西面有暴風雨。』我聽不清楚了，有閃電，得馬上抽回天線。要折返嗎？你有什麼計畫？」

「安靜點，讓我想想……問一下布蘭卡港的天氣狀況。」

「布蘭卡港回覆：『預計二十分鐘後將會有從西面來的強烈風暴。』」

「問問特雷利烏的天氣。」

「特雷利烏回覆：『西面來的颱風風速每秒三十米，傾盆大雨。』」

「向布宜諾斯艾利斯聯繫：『四面受阻。我們該怎麼辦？』」

一個小時四十分鐘後，汽油就會耗盡。法比安知道自己已經陷入困境。而這一切，無論如何都會在黑夜中結束，等到日出一切就會好轉。可是，注視著東方又有什麼用呢？在他和太陽之間，有無法跨越的深夜。

「亞松森的貨機飛行狀況良好，將於兩點左右到達。另外，巴塔哥尼亞的貨機預估會延誤很久，它似乎遭遇暴風了。」

「好的，利維埃先生。」

「我們可能在巴塔哥尼亞的貨機回來前，就得先讓歐洲的貨機起飛。等亞松森的貨機一到，你們就來等候指示。要時刻準備好。」

利維埃正在重新閱讀北方各中途站發來的電報。歐洲貨機的天氣將是「晴朗，滿月，無風」。如果他下令出發，歐洲貨機機組人員將飛入一個安穩的世界，那裡整個夜晚都閃爍著柔和的光芒。

但是，利維埃突然猶豫了。南方發生的事件，證明利維埃這位夜航的唯一捍衛者出了錯，他的對手們將因此獲得強勢的地位，甚至讓他從此一蹶不振。

「讓觀測站再看看西部地區的情況。」利維埃再問道：「布蘭卡港還是沒有用無線電跟我們聯繫嗎？」

「沒有。」

他要求重新接通這個中途站，五分鐘後，他得到的消息仍然是「收不到郵務貨機的消息」，特雷利烏的線路中斷，布蘭卡港也將面臨暴風雨。

接著是一陣沉默。利維埃翻著南方各中途站發來的電報，所有的中途站都回覆：「沒有巴塔哥尼亞貨機的訊息。」

地圖上，沒有訊號的區域在不斷擴大，這些區域的小城鎮，都受到了暴風雨的襲擊。淩晨一點，被召集起來的秘書們回到了辦公室。大家都在揣測：夜航是否會被停止？

利維埃在門口出現，猜疑的紛雜聲音馬上小了下去。「現在是一點十分，歐洲郵務貨機的報表都整理好了吧？」

「我，我以為……」秘書支支吾吾的回答。

「您無須以為，只要執行就可以了。」他轉過身，慢慢走向一扇開著的窗戶，雙手在背後交握。

「經理先生，我們收到通知，內部很多電報線路都已經被暴風雨損毀，不會有什麼回覆了。」

利維埃一動不動的站著。每個消息都在威脅著這架貨機。風暴已經席捲而來，摧毀這個難以征服的夜晚。在某個地方，一架飛機在夜的深處，正面臨險境。

★　★　★

法比安的妻子打了電話。每個丈夫歸來的夜晚，她都會推估著巴塔哥尼亞郵務貨機飛行的里程：在特雷利烏起飛，接近聖安東尼奧，應該能看到布宜諾斯艾利斯的燈光了。

和其他無數個夜晚一樣，今晚她又打電話去詢問了：「法比安著陸了嗎？」接電話的秘書有些慌亂，一句話都不敢說，把電話遞給了辦公室主任。一陣難以解釋的沉默後他簡短的回答道：「還沒有。」

「貨機誤點了嗎？」

「是的……」又是一陣沉默。「是的，誤點了。」

「哦！」這一聲「哦」顯得異常悲傷。她突然想起，從科摩多羅飛到特雷利烏甚至不需要兩個小時，而法比安已經飛了六個小時。她馬上要求跟經理通話。辦公室主任無奈的向上通報。

「終於來了。」利維埃心想。他一聽到這個遙遠的、細小而顫抖的聲音，就立刻明白，即便是他也無法回答她什麼。「夫人，請您冷靜一點。在我們這行，長時間等待消息是常有的事。」一面對這個女人，利維埃突然覺得自己的真理顯得那麼脆弱。

「夫人……」他能感覺到，對話那頭的那個女人已經癱倒在地。

利維埃開始疑惑，是否為了大眾的利益，我們

就有權利去犧牲某一個人的幸福？但同時，他又隱約能感覺到一種比愛更偉大的責任。利維埃試圖為自己的信念找到更充足的理由。

★　★　★

「無法和布宜諾斯艾利斯取得聯繫。我被電了幾下，沒辦法操作機器了。」無線電報員膽怯的將天線收回。法比安正想回答，飛機就被一股強大氣浪突然抬起、不停搖晃。

他們必須不惜任何代價，與布宜諾斯艾利斯取得聯繫，這裡太需要支援了。然而，飛機越來越不受控制，飛機顯示高度為五百公尺，這可是丘陵的高度。法比安冒著被撞毀的危險調整了方向，但仍是偏離航向。

他發射了僅有的一顆照明彈，卻發現飛機底下是一望無際的大海。下沉氣流如錘子般撞擊著機身。法比安用盡渾身力氣抓住方向盤，試圖控制飛機的震動。

雖然一種無形的力量正在慢慢攫取他的勇氣，但是當法比安看到暴風雨裂口隱約閃爍著幾顆星星時，他還是義無反顧的全力向上衝去。

法比安以星星為標記，修正氣流造成的航向誤差。他在尋找光芒，哪怕是僅有的一絲光線。而他現在正飛向一片光明。

隨著飛機上升，雲層掙脫泥濘般的陰影，緊靠著機身飛掠而過，如同越來越純淨潔白的浪花。飛機從雲海中浮出，光線強烈得令他頭昏眼花。滿月和所有星星將雲朵變成耀眼的浪濤。

從浮出的那一刻開始，飛機突然變得很平靜，平靜得異乎尋常。法比安飄在神秘的天空中，就像進入那些幸福的港灣。

法比安以為自己來到了仙境，因為所有的一切都在閃閃發光：他的手、他的衣服、他的機翼。這些光不是來自星星，而是從他身下、從他周圍、從雪白的雲層發散出來。雲層之間流動著牛奶般的光線，整個機組沉浸其中。法比安轉身，發現無線電報員在微笑。

法比安和他的夥伴在密密麻麻、如寶石般堆積的群星中遊蕩著，此時的他們無比富有。但是，他們的命運早已受到審判。

★ ★ ★

某個中途站的無線電報員收到電報，他記下幾個無法辨別的記號，之後是幾個單詞。再後來，整篇電報終於出來了：

「被困在風暴之上三千零八公尺的高空。因為剛才漂移到海上，我們現在正往西面的內地飛去。下方已被暴風雨阻擋，看不清是否一直在海上。請告知風暴是否向內地擴展。」

因為雷雨天的關係，人們不得不一站一站的將這份電報傳達給布宜諾斯艾利斯。消息在黑夜中前進著，彷彿人們正將一個又一個烽火臺點燃。布宜諾斯艾利斯回覆：「內陸地區普遍有風暴。你們還剩多少汽油？」

「還能撐半小時。」於是，這句話又被一站一站的傳到了布宜諾斯艾利斯。

法比安的貨機註定會在三十分鐘內衝進暴風圈，再被狠狠的摔到陸地上。利維埃開始不抱任何希望了，這架飛機將在某個地方沉入黑夜。

機組人員們不再是為榮譽而搏鬥，如今，他們唯一希望的就是逃離死亡。

法比安的妻子終於忍受不了獨自在家等待的煎熬，來到辦公室要求會面。她儘量讓自己不要哭泣，怕因此而引人注目。

利維埃接見了她。「夫人，不幸的是，除了等待，您和我都沒有別的辦法。」她輕輕聳了聳肩，利維埃明白其中的意思。對這個女人來說，法比安的死亡到明天才算剛剛開始。她帶著一種近乎卑微的笑容離開了。

利維埃坐下來，心情還有些沉重。牆上的工作表上，法比安那架飛機的卡片「ＲＢ９０３」，已經被列為「無法調度的物品」。利維埃聽到羅比諾的聲音：「經理先生，距離他們結婚才過了六個星期……」

二十分鐘後，布蘭卡港截獲第二條訊息：「我們在下降，進入了雲層。」接著，特雷利烏收到資訊：「……什麼都看不見……」

這架飛機的方位已不得而知，電報站發出的詢問也沒有得到回答。

時間一分一秒流逝著。

這時有人指出：「一點四十分。汽油耗盡，他們不可能還在飛。」大家瞬間陷入沉默。某種東西已經結束了，只能等待黎明到來。

利維埃讓人通知警察局。他已經無能為力了，只能等待。同時他向羅比諾做了個手勢：「發訊息給北部的中途站：巴塔哥尼亞的郵件會延遲一段時間。為了縮短延遲的時間，我們會儘量讓那些郵件跟著下一班歐洲郵件一起運送。」

利維埃向前傾了一些，現在他最需要的是孤獨。「去吧，羅比諾。」

★　★　★

預定兩點出發的貨機被取消，改在白天出發。公司的工作因此而停頓下來，大家都在等待。人們對夜航是否能夠繼續都抱持懷疑的態度。

利維埃拿出手錶，簡短的說：「兩點了。亞松森的郵務貨機兩點十分到達。讓歐洲的郵務貨機在兩點一刻起飛吧。」

羅比諾將這驚人的消息傳出去：夜航不會停止。

在向辦公室主任傳達這個消息時，羅比諾又恢復了身為督察員應有的氣勢。

★　★　★

亞松森貨機著陸後，飛行員在停機庫遇到歐洲郵務貨機的飛行員，他正背對著自己的飛機，手插在口袋裡。「是你接著飛嗎？」

「是啊。」

「巴塔哥尼亞的飛機到了嗎？」

「沒有，它失蹤了。天氣好嗎？」

「很好。法比安失蹤了嗎？」

他們沒有繼續談論下去。飛行員們深厚的情誼和默契，使他們無須多說。亞松森貨機上的包裹都被扛上歐洲貨機，即將啟航的飛行員已準備好去迎接他的挑戰了。

「小心啊！」

他沒有聽見同伴的建議，手插在口袋裡，頭向後仰著，臉上浮現一抹細微的笑，比那些雲朵、山脈、江河和大海都強而有力。一分鐘後，這架歐洲郵務貨機就要飛出布宜諾斯艾利斯。

★　★　★

重拾鬥志的利維埃想要再聽聽飛機的聲音，那聲響就像是一支軍隊在星辰間行進，發出驚天動地的踏步聲。若他終止飛行，就算只有一次，夜航事業也會就此破滅。所以他搶先讓這架貨機在夜裡出發，壓制了人們的軟弱。

五分鐘後，無線電報將傳遞至各個中途站。在一萬五千公里的航程中，這訊息將會解決所有的問題。一曲狂歡之歌已經響起。

利維埃慢慢踩著步伐，回到自己的工作中。

偉大的利維埃，勝利者利維埃，肩負著沉重勝利的利維埃。

★ 愛麗絲夢遊奇境

瘋狂的帽匠和三月兔，暴躁的紅心王后！跟著愛麗絲一起踏上充滿奇人異事的奇妙旅程！

★ 柳林風聲

一起進入柳林，看愛炫耀的蛤蟆、聰明的鼴鼠、熱情的河鼠、和富正義感的獾，猶如人類情誼的動物故事。

★ 叢林奇譚

隨著狼群養大的男孩，與蟒蛇、黑豹、黑熊交朋友，和動物們一起在原始叢林中一起冒險。

彼得．潘 ★

彼得．潘帶你一塊兒飛到「夢幻島」，一座存在夢境中住著小精靈、人魚、海盜的綺麗島嶼。

杜立德醫生歷險記 ★

看能與動物說話的杜立德醫生，在聰慧的鸚鵡、穩重的猴子等動物的幫助下，如何度過重重難關。

一千零一夜 ★

坐上飛翔的烏木馬，讓威力巨大的神燈，帶你翱遊天空、陸地、海洋神幻莫測的異族國度。

想像力，帶孩子飛天遁地

灑上小精靈的金粉飛向天空，從兔子洞掉進燦爛的地底世界……
奇幻世界遼闊無比，想像力延展沒有極限，只等著孩子來發掘！
奇幻國度詭譎多變，請幫迷路的故事主角找回他們的冒險舞臺！

★ 西遊記

蜘蛛精、牛魔王等神通廣大的妖怪，會讓唐僧師徒遭遇怎樣的麻煩，現在就出發前往這趟取經之路。

★ 小王子

小王子離開家鄉，到各個奇特的星球展開星際冒險，認識各式各樣的人，和他一起出發吧！

★ 小人國和大人國

格列佛漂流到奇幻國度，幫小人國攻打敵國，在大人國備受王后寵愛，還有哪些不尋常的遭遇？

快樂王子 ★

愛人無私的快樂王子，結識熱情的小燕子，取下他雕像上的寶石與金箔，將愛一點一滴澆灌整座城市。

以人為鏡，習得人生

正直、善良、堅強、不畏挫折、勇於冒險、聰明機智……
有哪些特質是你的孩子希望擁有的呢？
又有哪些典範是值得學習的呢？

【影響孩子一生的人物名著】
除了發人深省之外，還能讓孩子看見
不同的生活面貌，一邊閱讀一邊體會吧！

★ 安妮日記

在納粹占領荷蘭困境中，表現出樂觀及幽默感，對生命懷抱不滅希望的十三歲少女。

★ 清秀佳人

不怕出身低，自力自強得到被領養機會，捍衛自己幸福，熱愛生命的孤兒紅髮少女。

★ 海倫凱勒自傳

自幼又盲又聾又啞，不向命運低頭，創造語言奇蹟，並為身障者奉獻一生的世紀偉人。

★ 福爾摩斯探案故事

細膩觀察，邏輯剖析，揭開一個個撲朔迷離的凶案真相，充滿智慧的一代名偵探。

★ 湯姆歷險記

足智多謀，正義勇敢，富於同情心與領導力等諸多才能，又不失浪漫的頑童少年。

★ 海蒂

像精靈般活潑可愛，如天使般純潔善良，溫暖感動每顆頑固之心的阿爾卑斯山小女孩。

★ 環遊世界八十天

言出必行，不畏冒險，以冷靜從容的態度，解決各種突發意外的神祕英國紳士。

★ 魯賓遜漂流記

在荒島與世隔絕28年，憑著強韌的意志與不懈的努力，征服自然與人性的硬漢英雄。

★ 岳飛傳

忠厚坦誠，一身正氣，拋頭顱灑熱血，一家三代盡忠報國，流傳青史的千古民族英雄。

★ 三國演義

東漢末年群雄爭霸時代，曹操、劉備、孫權交手過招，智謀驚人的諸葛亮，義氣深重的關羽，才高量窄的周瑜……

跨時空，探索無限的未來

騎上鵝背或者跳下火山，長耳兔、青鳥或者小鹿

百年來流傳全世界，這些故事啟蒙了爸爸媽媽、阿公阿嬤。

從不同的角度窺見世界，透過閱讀環遊世界！

【影響孩子一生的世界名著】

最適合現代孩子的編排，耳熟能詳的經典故事

呈現嶄新面貌，啟迪閱讀的興味與趣味！

★小戰馬

動物小說之父西頓的作品，在險象環生的人類世界，動物們的頑強、聰明和忠誠，充滿了生命的智慧與尊嚴。

★騎鵝旅行記

首位諾貝爾文學獎女作家寫給孩子的童話，調皮少年騎著白鵝飛上天，在旅途中展現勇氣、學會體貼與善待動物。

★好兵帥克

最能表彰捷克民族精神的鉅著，直白、大喇喇的退伍士兵帥克，看他如何以戲謔的態度，面對社會中的不公與苦難。

★祕密花園

有錢卻不擁有「愛」。真情付出、愛己及人，撫癒自己和友伴的動人歷程。看狄肯如何用魔力讓草木和人都重獲新生！

★小鹿斑比

聰明、善良、充滿好奇的斑比，看他如何在獵人四伏的森林中學習生存法則與獨立，蛻變為沉穩強壯的鹿王。

★青鳥

1911年諾貝爾文學獎，小兄妹為了幫助生病女孩而踏上尋找青鳥之旅，以無私的心幫助他人，這就是幸福的真諦。

★頑童歷險記

哈克終於逃離大人的控制和一板一眼的課程，他以為從此逍遙自在，沒想到外面的世界，竟然有更多的難關！

★森林報

跟著報導文學環遊四季，成為森林知識家！如詩如畫的童趣筆調，保證滿足對自然、野生動物的好奇。

★地心遊記

地質教授李登布洛克與姪子阿克塞從古書中發現進入地底之秘！嚮導漢斯帶領展開驚心動魄的地心探索真相冒險旅行！

★史記故事

認識中國歷史必讀！一探歷史上具影響力及代表性的人物的所言所行，儘管哲人日已遠，典型仍在夙昔。

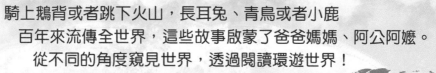

影響孩子一生名著系列 12

小王子

珍貴的純真摯愛　ISBN 978-986-95844-5-6 / 書 號：CCK012

作　　者：安東尼・聖修伯里 Antoine de Saint-Exupéry
主　　編：陳玉娥
責　　編：徐嫶婷、蘇慧瑩
插　　畫：王怡佳
美術設計：蔡雅捷、鄭婉婷

出版發行：目川文化數位股份有限公司
總 經 理：陳世芳
行銷企劃：朱維瑛、許庭瑋、陳睿哲
法律顧問：元大法律事務所 黃俊雄律師
台北地址：臺北市大同區太原路 11-1 號 3 樓
桃園地址：桃園市中壢區文發路 365 號 13 樓
電　　話：(03) 287-1448
傳　　真：(03) 287-0486
電子信箱：service@kidsworld123.com
劃撥帳號：50066538

國家圖書館出版品預行編目 (CIP) 資料

小王子 / 安東尼・聖修伯里作 . -- 初版 . --
臺北市 ： 目川文化，民 107.07
面 ； 公分 . --（影響孩子一生的奇幻名著）
ISBN 978-986-95844-5-6 (平裝)

876.59　107008322

網路書店：www.kidsbook.kidsworld123.com
網路商店：www.kidsworld123.com
粉 絲 頁：FB「悅讀森林的故事花園」

印刷製版：長榮彩色印刷有限公司
總 經 銷：聯合發行股份有限公司
地址：新北市新店區寶橋路 235 巷 6 弄 6 號 4 樓
電話：(02) 2917-8022
出版日期：2018 年 7 月（初版）
定　　價：280 元

建議閱讀方式

型式	圖圖圖	圖圖文	圖文文		文文文
圖文比例	無字書	圖畫書	圖文等量	以文為主、少量圖畫為輔	純文字
學習重點	培養興趣	態度與習慣養成	建立閱讀能力	從閱讀中學習新知	從閱讀中學習新知
閱讀方式	親子共讀	親子共讀 引導閱讀	親子共讀 引導閱讀 學習自己讀	學習自己讀 獨立閱讀	獨立閱讀